KB056446

예술가의 서재

당신의 마음이 쉬어가는 다락방

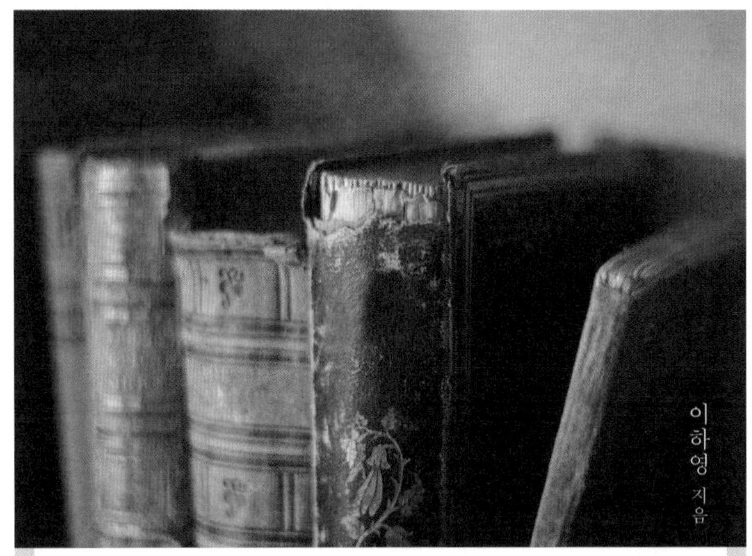

이하영 지음

예술가의 서재

젊은 날의 예술가들은 어떤 책을 읽었을까

페이퍼스토리

모든 예술의 궁극적인 목적은
인생은 살 만한 가치가 있다는 것을 일깨워주는 것이다.
또한 그것은 예술가에게 더없는 위안이 된다.

헤르만 헤세
(Hermann Hesse 1877~1962)

모든 시작은
신선하고 아름답다

어려서부터 나는 남의 책장에 관심이 많았다. 친구네 집에 가면 꼭 책 한 권을 빌려왔고(돌려주는 법은 거의 없고) 대학 시절, 학과 사무실이나 교수님 연구실에 갈 일이 있을 때면 빈손으로 나오는 법이 없었다. 하다 못해 학회지 나부랭이라도 집어들고 나왔다. 서점이나 출판사에서 일하는 사람이라면 덮어놓고 좋아했다. 그들은 늘 나에게 줄 만한 책을 갖고 있었기 때문이다. 일 때문에 방문한 화가의 작업실, 음악가의 스튜디오, 사진작가의 암실에서도 나는 반드시 책(물론 내가 읽을 만한 책)을 발견해내곤 했다. 그러다 보니 영화나 공연, 음악과 그림에서도 책을 찾아내게 되었다. 그러던 어느 날 문득, 불멸의 예술 작품 속에 밑그림으로 숨어 있는 책의 흔적들을 더듬어보는 글을 써보면 좋겠다는 아이디어를 떠올리게 되었고 〈기획회의〉에 연재를 제안해 이 글을 쓰게 되었다. 아는 사람의 집에 놀러갔다가 우연히 집어든 한 권의 책 표지를 살펴보는 기분으로 이 글들을 읽어주었으면 좋겠다.

이름 앞에 방송작가라는 타이틀을 다는 것도 면구스러운 처지에 '북칼럼니스트'라는, 아무도 인정하지 않은 타이틀을 멋대로 붙이고 뻔뻔하게 지면을 어지럽힌 이 글들은 개인적으로는 돌아보고 싶지 않은 시절의 흔적이기도 하다. 일에 지치고 자신감을 잃은 채 집 밖에 책상 하나 갖기를 소망하던 내가 일 년 동안 책을 읽으며 혼자 묻고 혼자 답하던 시절이 통째로 들어 있기 때문이다. 그동안 예술가의 삶과 작품, 그들이 읽었던 책에 대한 수많은 자료를 모으고 답사를 하며 더 많은 것을 알게 되었지만, 처음 쓴 원고에서 단 한 줄도 더 써넣을 수가 없었다. 그저 눈살이 찌푸려지는 몇 마디 감탄사들만 지워냈을 뿐이다.

담당 편집자 말고는 보는 사람이 없을 거라 생각하고 쓴 글이었으나 놀랍게도 연재 중반이 넘어가자 출판사 편집자들에게 더러 연락이 오고, 책으로 묶어내자는 제안을 받기도 했다. 그런데 그분들은 내게 자기계발서로 다시 쓰기, 대폭 분량을 늘여 개고하기 등의 버거운 작업을 요구했다. 편집자 분들의 조언에 따라 충실하게 다듬어서 말끔하고 묵직한 책을 내보고 싶었지만, 규칙적으로 돌아오는 각종 마감과 해도해도 마감되지 않는 살림에 발목이 잡힌 생활은 그럴 수 있는 에너지를 남겨놓지 않았다. 내 연락을 기다리다 지친 편집자가 개고나 추가 집필 없이 있는 그대로 책을 내도 좋다고 했을 때, 정말 고마웠다. 다시 읽어보아도 뺄 문장은 있어도 더할 문장은 없었다. 물론 디

많은 자료가 쌓였고 더 긴 이야기를 할 수는 있지만, 예술가의 삶을 기록한 전기와 그들이 사랑했던 책을 숨가쁘게 따라 읽었던, 서른다섯 살의 내 숨결이 고스란히 새겨진 그 조악하고 거친 문장들이 이제는 예쁘게도 보인다. 연재 당시 2주마다 돌아오는 마감을 막아내기 위해 나는 책상 위에 여러 권의 책을 쌓아놓고, 뒤에서 누가 쫓아올세라 허겁지겁 읽어치운 후, 다짜고짜 글을 써 내려갔다. 그 시간들이 어제 일처럼 생생하게 떠오른다. 그렇게 쫓기듯이 써 내려간 글을 오랜 시간이 지난 이 시점에 책을 펴낼 용기를 불어넣어준 사건이 있었으니, 스물다섯 살 취업준비생과의 만남이 그것이다.

참새에게 방앗간이 있다면 내게는 집 근처의 '대안연구공동체'가 있다. 그곳에서 나는 금요일 열 시마다 열리는 영화감상 모임을 4년째 꾸려오고 있다. 이 모임에 새로 들어온 젊은 취준생은 대안연구공동체에서 언론사 취업 대비 관련 스터디를 하고 있다고 했다. 그녀의 원래 꿈은 '영화평론가'였다기에 그 꿈을 접은 이유를 묻자 그녀는 이렇게 답했다. "지금 활약하고 있는 영화평론가들을 보면, 내가 지금부터 아무리 영화를 열심히 본다고 해도 도저히 그들만큼 영화를 볼 수가 없겠더라고요. 그분들이 영화를 향유했던 그 시대, 그 문화가 너무나 부러워요. 우리는 경험해보지 못한 것을 경험했다는 것이…." 그녀는 자신이 살아보지 못한 어떤 시간을 그리워하고 부러워하고 있었다. 대체 그녀가 생각하는 오늘날의 유명한 영화평론가들이 시네키드였던 그 시절의 그 문화란 어떤 걸까? 나는 이렇게 말해주고 싶었다. 태어나자마자 텔레비전 리모컨을 손에 쥐고, 전 세계 인터넷 형제들과 영화파일을 공유하며, 구세대가 도저히 상상할 수 없는 방식으로, 우리가 알지 못하는 전혀 다른 차원으로 영화를 즐기는 지금 이 시대 영화광들의 이야기를 사람들은 듣고 싶어 한다고, 그렇게 영화를 본 세대가 이야기를 시작해야 할 때가 바로 지금이라고.

책을 읽고, 영화를 보고, 음악을 듣거나 그림을 보고 글을 쓰는 일은 누구나 할 수 있는 일이다. 십 년간 수천 권의 책을 읽어야 한다거나, 별다른 학위나 자격증이 필요하지도 않다. 내가 살고 있는 지금 여기에 흐르는 의식의 한 단면을 잡아채듯 기록해놓는 것만으로도 충분하다. 정말이냐고? 정말이다. 자신의 인생을 관통하는 주제를 가지고 나름의 일관성과 지속성을 갖고 글을 쓰는 사람, 사실 그리 많지 않다. 벽에다 대고 독백을 하는 듯한, 아무도 관심을 가져주지 않는 외로운 일을 지속적으로 해내는 고독한 시간에는 어떤 식으로든 반드시 보상이 따른다고 믿는다.

뒤돌아보기 싫어 밀쳐놓았던 글들이 이제 와서 내게 얼마나 많은 영감과 힘을 주는지 말로 다 못 하겠다. 모든 시작은 신선하고 아름답다. 서툴고 틀리는 것을 겁내지 말고, 매번 새로 시작하고, 약속을 지키려 애써보자고, 그것만으로 충분하다고, 가끔은 주저앉아서 아무 쓸모없는 것 같은 일에 시간을 소모해보아도 좋다고, 이 보잘 것 없는 작은 책으로 말해주고 싶다.

이하영

예술가의 서재 • Contents

Ludwig van Beethoven

& William Shakespeare

01

운명과 화해하다

베토벤,
셰익스피어의 《템페스트》를 읽다

겨울에는 베토벤의 음악이 잘 어울린다. 연말이면 어김없이 공연되는 베토벤의 교향곡 제9번 〈합창〉도 그렇거니와, 인간의 한계와 신의 섭리를 절감하기에 교향곡 제5번 〈운명〉만큼 적절한 배경음악이 되어주는 것도 없을 것이다.

젊은 나이에 청각을 상실한다는 건 음악가에게 치명적인 일이다. 루트비히 판 베토벤(Ludwig van Beethoven, 1770~1827)은 그 같은 시련을 극복하고 대작을 써냈다. 고난과 극복으로 점철된 베토벤의 삶은 허무와 고독에 빠지기 쉬운 겨울에 꺼내기 좋은 이야깃거리이기도 하다. 그래서 라디오의 클래식 프로그램에서는 베토벤의 음악들이 겨울에 더 자주 선곡되곤 한다. 특히 'The Tempest(폭풍우)'라는 부제가 붙어 있는 베토벤의 피아노 소나타 17번(Op.31-2)은 많은 이들이 겨울의 테마처럼 느끼는 곡이다. 임상수 감독의 영화 〈하녀〉에서 주인집 남자(이정재 분)가 그랜드 피아노로 연주하는 곡도 베토벤의 〈템페스트〉였다. 두 남녀 사이에 뭔가 큰일이 일어날 듯 팽팽한 긴장감이 넘치고 있지만 곧 아무 일도 없었다는 듯 잠잠해지고 말 두 사람의 현실을 잘 반영한 선곡이었다.

인생에서 한 번쯤 용서 못 할 배신이나 혹독한 시련을 겪어본 사람이라면 이 곡이 더더욱 친숙하게 느껴지지 않을까. 베토벤이 이 곡을 작곡한 때도 바로 그런 시기였다. 인생의 겨울, 도시를 벗어나 숲으로 숨어들어 점점 귀가 멀어가는 끔찍한 현실에 홀로 괴로워하던 시절, 폭풍처럼 '폭풍우'를 써내던 시절, 그 시절에 베토벤은 셰익스피어를 읽고 있었다.

인생의 겨울 한가운데에 서다

젊음의 한가운데서 맞은 인생의 겨울. 다시 봄이 오리라는 희망을 품을 수도 없는 젊은이는 그 겨울을 무엇으로 견딜 수 있을까. 스무 살 무렵, 고향 본을 떠나 음악의 도시 빈에 정착했을 때만 해도 베토벤의 삶에는 봄날이 펼쳐지는 듯했다. 귀족들은 청년 베토벤의 재능을 아꼈고 프란츠 요제프 하이든(Franz Joseph Haydn, 1732~1809), 안토니오 살리에리(Antonio Salieri, 1750~1825) 같은 당대 최고의 음악가들이 이 젊은 예술가의 눈부신 미래를 장담했다. 사교계의 여인들은 때론 달콤한 유혹으로 때론 실연의 상처로 그의 예술적 영감을 자극했다. 빈의 사교 무대에 갓 나온 젊고 재능 넘치는 음악가 베토벤에게 두려울 게 무엇이 있었을까마는, 공교롭게도 그는 빈의 명사들 앞에 널리 소개되고 주목받을수록 오히려 자신감을 잃고 위축되어갔다.

궁정에 소속된 음악가 집안에서 태어나 어려서부터 피아노 신동으로 내세워지기 위해 혹독한 훈련을 받았던 그는 음악 외에 다른 교육을 받지 못했다. 하인의 신분이나 다름없던 궁정음악가, 더구나 술주정뱅이였던 아버지는 아들 베토벤을 모차르트 같은 신동으로 만들겠다며 피아노 앞에 앉혀놓고 다그치기만 했다. 빈의 사교계 인사들이 어릴 때부터 몸에 익혀온 교양이라는 것은 베토벤과 거리가 멀어도 한참 멀었다. 예의를 차려 인사하는 법, 처음 보는 사람과 대화하는 법 따위도 익숙하지 못했다. 사교계의 예절뿐 아니라 간단한 산수조차 어려운 지경이었으니 그가 느꼈을 자괴감은 이루 말할 수 없었을 것이다. 그의 고객이 되어준 이들은 하나같이 어려서부터 개인교사를 통해 외국어를 비롯한 각종 교양을 갖추고 유럽을 여행하며 견문을 넓힌 귀족들이었다. 그들에게 음악과 문학은 공기처럼 생활 속에 스며 있었다.

베토벤은 왕실의 피아노 개인교사이자 이름 높은 연주자로, 촉망받는 예술가로 성장했다. 태생부터 다른 사람들을 상대하다 보니 그의 성격이 날로 괴팍해진 것도 무리는 아니었을 것이다. 예의 없고 무뚝뚝하다고 표현된 베토벤의 성격은 어쩌면 자신의 부족함을 감추기 위한 고육지책이었다. 주변의 도움과 이해를 구하기엔 그의 자존심이 허락치 않았을 테니. 대신 그는 자기 고객들과의 교육 격차를 줄이기 위해 남모르는 노력을 기울였다. 그것은 다름 아닌 열렬한 '독서'였다.

할 수 있는 건 오직 '독서'뿐

베토벤의 삶과 예술을 다룬 영화가 몇 편 있다. 대표적인 것이 〈불멸의 연인Immortal Beloved〉(1994, 버나드 로즈 감독)과 〈카핑 베토벤Copying Beethoven〉(2006, 아그네츠카 홀란드 감독)이다. 이 두 작품은 각기 다른 각도로 베토벤을 조명하고 있지만 그의 아파트가 난장판으로 그려지는 것만은 다르지 않다. 정돈되지 않은 어두침침한 공간. 바닥은 물론 피아노와 탁자 위, 선반마다 서류더미들이 헝클어진 채 이리저리 굴러다닌다. 가죽 장정을 한 고급 서적과 간이로 제본된 문서들도 눈에 들어온다. 낱장으로 굴러다니는 건 쓰다 만 악보일까?

선반에 꽂혀 있는 장서들은 짐작컨대《일리아드》나《오디세이》같은 그리스 로마 작품들. 피아노 위에 뒹굴고 있는 작은 시집들은 헤르더, 괴테, 실러 같은 동시대 시인들의 작품집일 것이다. 테이블이나 침대 머리맡에서 베토벤의 불타는 눈길을 받았던 것은 그 당시 귀족들 사이에 회자되었던 셰익스피어(William Shakespeare, 1564~1616)의 작품들일 가능성이 높다. 물론 베토벤이 읽은 책들은 모두 독일어로 옮겨진 것들이다. 베토벤이 외국어를 익히지 못했을 뿐 아니라 당시 셰익스피어에 열광했던 독일의 지식인들은, 영어보다는 독일어로 옮겨진 셰익스피어의 작품이 훨씬 훌륭하다고 하며 독일어판을 널리 보급했다고 하니까.

음악을 제외한 다른 분야에 대해서는 기초적인 교육조차 못 받은 베토벤은 철자법도 엉망이었고 산수도 가계부를 쓰는 정도밖에는 할 수 없었으며, 여느 귀족들처럼 유럽 전역을 도는 그랜드투어는커녕 이탈리아조차 방문할 기회가 없었다. 사정이 이렇다 보니 자존심 강한 베토벤이 할 수 있었던 것은 오직 '독서'뿐이었다. 그 와중에 청력이 급속도로 악화되면서 베토벤은 도시를 벗어나 빈의 교외로 은둔한다. 빈의 사교계에서 귀먹은 예술가(음악가)는 호사가들의 좋은 먹잇감만 될 뿐이므로.

그렇게 도망치듯 도시를 떠나갔지만 베토벤의 영혼을 휘감던 고통과 절망은 자연과 문학 속에서 누그러지고 숙성되어 새로운 예술의 밑거름이 되었다. 그는 자신의 운명과 화해하고 새로운 도약과 내면의 평화를 향한 발걸음을 내딛기 시작하는데 바로 그 무렵 작곡한 곡 중 하나가 바로 '템페스트'라는 제목이 붙은 피아노 소나타다.

널리 알려진 대로 이 제목은 베토벤이 붙인 것이 아니다. 제자 쉰들러가 베토벤에게 이 소나타를 어떻게 이해해야 하냐고 물었을 때 "셰익스피어의 희곡《템페스트》를 읽어보라"고 답했다는 일화에서 나온 것으로 훗날의 출판업자들이 붙인 제목이라고 한다. 이 일화에 대해 의혹을 지닌 이들이 많았다. 호사가에다 감정을 과장하길 좋아하는 낭만주의자들이 지어낸 이야기에 불과하다는 것이다. 하지만 셰익스피어를 읽어보면 그 생각이 달라질지도 모른다. 베토벤의 피아노 소나타 〈템페스트〉와 셰익스피어의 《템페스트》 사이에 연관성을 의심하기 전에 베토벤이 제자에게 지시한 대로 해볼 일이다. "셰익스피어의 희곡《템페스트》를 읽어보라."

폭풍우가 불어와 모든 것을 흩어놓는 1악장, 고요함 속에서 싹트는 음모와 절망 그리고 사랑의 2악장, 치열한 번뇌 끝에 그 모든 것을 용서하고 화해하며 희망의 빛만 남기고 잦아드는 3악장. 이것은 분명 셰익스피어의《템페스트》에 대한 베토벤의 독후감에 다름 아니다.

운명에 저항하되 파괴하지는 말 것

이야기는 폭풍우가 몰아치는 바다 한가운데서 시작된다. 마법의 섬에 사는 미란다는 마법사인 아버지에게 폭풍우를 진정시켜달라고 부탁한다. 미란다의 아버지는 프로스페로라는 인물로 한때는 밀라노의 공작이었다. 그는 동생 안토니오에게 왕위를 찬탈당하고 바다로 쫓겨나 이 섬에 난파된 후 딸 미란다와 함께 살고 있다. 어느날, 프로스페로는 자신을 배반하고 왕위를 빼앗은 안토니오와 그것을 부추긴 나폴리의 왕 알론소 등이 탄 배를 발견하고 그들에게 복수하기 위해 폭풍우를 일으킨다. 그런데 섬에 난파된 안토니오는 알론소 왕에 대한 찬탈을 모의하고, 알론소 왕의 아들 페르디난드는 미란다와 사랑에 빠진다. 프로스페로는 복수를 하는 대신 또 다른 모의와 배반의 싹을 차단하는 동시에 젊은 남녀가 위기를 거치며 사랑을 얻도록 이끈다.

어떻게 보면 완벽하게 해결된 것은 하나도 없다. 뉘우치긴 하지만 사람들은 여전히 한계를 지니고 있다. 복수심도 권력을 향한 욕망도 사라지지 않는다. 하지만 프로스페로는 자신에게 허락된 마법의 힘을 다 사용하지는 않는다. 프로스페로는 용서와 화해, 사랑으로 갈등을 일단 종결시킨다. 인간은 어차피 완벽하지 않으므로 있는 그대로, 부족한 대로의 현실을 받아들인 것이다.

셰익스피어의 폭풍우에서 베토벤이 얻은 것은 어쩌면 이 대목일지도 모르겠다. 마법의 힘을 허락받았지만 그것을 복수나 저주에 사용하지는 않는다는 것, 그리고 운명에 저항하되 그 운명과 함께 파괴되지는 말아야 한다는 것이다. 고립된 섬에서 빠져나와 제자리로 돌아간다는 원래 목표를 잊지 않은 프로스페로는 음악의 도시 빈을 빠져나와 홀로 은둔한 베토벤에게 많은 영감을 주었을 것이다. 자신의 재능을 운명에 대한 원망으로 소모시키지 않고 신의 목소리를 받아쓰는 음악가로서의 소명을 지켜낼 힘도 거기서 얻었는지도 모른다.

폭풍우인가 모닥불인가

내가 아는 프로듀서 중에 유난히 춥고 스산한 날이면 꼭 베토벤의 피아노 소나타 〈템페스트〉 3악장을 트는 이가 있다. "왜 늘 3악장이죠?" 하고 물으니 "템페스트는 3악장이 제일 좋거든"이라는 대답이 돌아왔다. 그러고는 이렇게 덧붙인다. "제목은 '폭풍우'인데, 왜 그런지 여름보다는 겨울에 더 많이 틀게 돼."

〈템페스트〉 3악장이 여름보다 겨울에 더 잘 어울리는 이유는, 곡의 첫 대목이 마치 타오르기 시작할 때의 모닥불을 연상시키기 때문인지도 모르겠다. 어느 대목에 이르면 불길은 갑자기 화르르 커진다. 잦아들었다가 다시 타오르기를 반복하던 불길은 평화롭게 식으면서 마지막에는 재만 남는다. 불꽃은 단 한순간도 같은 모양으로 타오르는 법이 없다. 꺼지는가 하면 다시 불붙고, 절정에 이르는 순간 스러져간다. 푸슬푸슬 소리를 내며 힘없이 꺼질 때에는 세상의 모든 존재가 그 불꽃이 전하는 온기를 가슴에 품고 평온한 잠에 빠져드는 장면을 연상시킨다.

모두를 삼켜버리는 폭풍우, 인생이라는 바다를 항해하는 이들의 진로를 한순간에 바꿔놓고 모든 것을 무효로 만들어버리는 그것. 악이 기회를 찾고 선이 무기력에 젖어들며 기존의 모든 가치가 뒤집힌다. 그러나 그 속에서도 고독했던 사랑은 짝을 찾고, 엉클어진 질서는 다시 바루어진다. 희망이라는 모닥불이 우리 가슴에 타오르는 동안은 아무것도 포기할 것이 없다.

셰익스피어의 《템페스트》는 그의 만년작이다. 베토벤의 〈템페스트〉는 그의 중기작이다. 셰익스피어와 베토벤의 '폭풍우'로 시작된 이 책이 앞으로 어떤 폭풍우를 만나게 될지는 알 수 없다. 다만 이것을 처음으로 삼았으니 앞으로 어떤 시련이 닥쳐오더라도 이 작품의 마지막처럼 고요하고 평화롭게 끝을 맺을 수 있을 거라 믿을 밖에…. 내 글쓰기의 비밀 창고가 겨울의 황무지처럼 황량하고, 조난자의 뱃속처럼 텅 비었을지라도 어디선가 정령이 끊임없는 이야깃거리를 가져와 채

워줄 것을 믿는다.

자격지심으로 고통받았던 베토벤에게 책이 힘이 되었던 것처럼, 내게도 책은 세상에 대한 두려움을 떨칠 수 있게 해주는 에너지의 원천이다. 불신과 불황과 불운의 폭풍우 속에서 우리가 의지할 수 있는 것 역시 독서의 힘이 아닌가 한다. 베토벤의 귓가에 항상 뮤즈가 있었던 것처럼, 책으로부터 영감의 세례를 받았던 예술가들의 숨결이 정령이 되어 언제나 우리와 함께하기를….

> 넌 눈물을 멈추고 안심해라.
> 다름 아닌 네 연민의 미덕을 건드렸던
> 저 무서운 파선의 광경은 내 기술로
> 사전에 그 안전을 충분히 배려하여
> 조정했기 때문에 단 하나의 인명도-
> 그래, 우는 소리 들었고 가라앉는 걸 보았던
> 그 배 안의 어느 한 사람의 머리카락
> 한 올조차 사라지지 않았다. (1.2.25~32)

– 셰익스피어 《템페스트》 중에서

Leo Tolstoi

& Henry David Thoreau

02

시민 불복종의 시대

톨스토이, 헨리 데이비드 소로의 《시민의 불복종》을 읽다

"금방 가져온 촛불 밑으로 서재는 서서히 밝아지고 눈에 익은 가구들이 어둠 속에서 그 모습을 드러냈다. 사슴의 뿔, 책이 가득한 선반, 거울, 난로, 아버지가 쓰시던 소파, 커다란 테이블, 그 테이블 위에 펼쳐져 있는 책들, 깨진 재떨이, 그의 필체로 가득한 장부…."

톨스토이(Leo Tolstoy, 1828~1910)의 소설《안나 카레니나Anna Karenina》에서 묘사하고 있는 '레빈'의 서재 모습이다. 아마도 이것은 톨스토이 자신의 서재에 대한 묘사가 아닐까.

촛불을 들고 손때 묻은 고풍스런 물건들이 고즈넉이 잠들어 있는 어두운 서재로 들어서면 그 안에 있던 모든 물건들이 긴 잠에서 깨어나 톨스토이의 귓가에 멋진 이야기를 들려주었을 것 같다.

러시아의 대문호, 문학을 떠나다

한때 톨스토이는 그 아름다운 서재에서 그 분위기에 걸맞은 그윽한 문학 작품을 쓰고 있을 수가 없어 한달음에 세상으로 뛰쳐나간다. 당장 막아야 할 사태, 풀어야 할 분쟁이 가득해서 서재에만 앉아 있을 수가 없었다. 위기감과 알 수 없는 불안감이 그의 조국 러시아를 비롯한 온 유럽을 휘젓고 있던 때였다. 종교와 조국애에 대한 고뇌는 그의 영혼에 한바탕 소용돌이를 일으키고 있었다. 결국 그는《안나 카레니나》출판을 마지막으로 소설가로서의 삶을 청산하기로 한다.

당시 그의 책상 위에서는 긴 소설 원고 대신 짤막한 정치적 팸플릿과 기사들이 더 많이 쓰였다. 작가 투르게네프(Ivan Sergeevich Turgenev, 1818~1883)가 톨스토이에게 보낸 편지에는 그런 톨스토이의 변화에 대한 안타까움이 절절히 묻어난다. 투르게네프는 죽어가는 와중에도 마지막 펜 끝에 혼신의 힘을 불어넣어 톨스토이에게 이런 유언을 남겼다. "톨스토이, 나의 친구여, 문학으로 돌아오시오. 당신과, 당신의 문학과 동시대를 살아온 것이 얼마나 기쁜지 모른다오."

톨스토이가 투르게네프의 마지막 소원을 들어주기까지는 꽤 오랜 시간이 걸렸다. 야스나야 폴랴나의 집에 있는 안락한 서재로 돌아가

기엔 모스크바의 어지러운 책상 앞에서 해야 할 일이 너무나 많았던 것이다.

저널리스트로, 출판인으로 살다

죽음이 목전에 다다른 작가 투르게네프로서는 문학으로부터 점점 멀어져가는 톨스토이의 모습이 그토록 안타까웠나 보다. 제발 문학으로 다시 돌아오라는 유언에서 그 절절함을 느낄 수 있다. 그러나 이미 극심한 고뇌를 거친 작가의 손은 다시 우아한 깃털 펜을 잡기가 어려웠으리라. 잉크가 묻은 손에 선언문과 호소문이 실린 팸플릿을 들고 지구 끝까지 달려도 모자랄 터였으므로.

톨스토이는 저널리스트가 되고, 출판인이 되었다. 모스크바에서 그는 '중개인'이라는 출판사를 중심으로 활동했다. 톨스토이와 뜻을 같이하는 사람들이 설립한 출판사 '중개인'은 세계적으로 훌륭한 문학작품과 필요한 지식을 민중에게 전하겠다는 목적을 갖고 있었다. 당시 그는 이미 '금지 작가'였다. 소논문 〈그렇다면 우리는 무엇을 할 것인가?〉와 〈나의 신앙〉이 판금서로 지정된 바 있었다. 책의 내용이 사회기관과 국가기관들의 근간을 송두리째 흔들고 있다는 것이 이유였다.

출판사 '중개인'은 유명 작가와 화가들을 끌어 모아 값싸고 아름다운 책을 만들어 거리의 가판대와 가로수 아래서 책을 유통시켰다. 이 출판사 역시 곧 검열에 걸려 출판을 금지당하자 톨스토이는 독일 라이프치히로 가서 '국제 중개인'을 설립하려 했다. 모스크바의 검열에서 벗어나 유럽 각국의 언어로 대중들이 쉽게 이해할 수 있는 언어로 인간의 영혼을 일깨워주는 책을 펴내고 싶었기 때문이다. 하지만 그는 이 꿈을 끝내 이루지 못했다.

위기에 처한 조국의 현실에 분노하고, 나라를 지키기 위해 참전도 마다치 않았던 작가 톨스토이. 진정한 정의와 삶의 가치에 새롭게 눈을 떠가는 과정이 얼마나 힘겨웠을지 상상하는 것은 어렵지 않다. 그는 백작이었고, 그러니 아쉬울 것 없는 기득권층이었으니까. 한때는 그토록 지키고자 했던 '조국'이 개인을 억압하는 '악'의 얼굴을 갖고 있다는 것, 교회들의 반反그리스도적인 행태, 그리고 자신이 속한 세계, 즉 부유한 사람들과 배운 사람들의 사고가 민중의 삶과 괴리되어 있다는 문제들이 톨스토이를 괴롭히는 불편한 진실이었다.

그는 무정부주의자, 좀 더 정확히 말하면 기독교적 무정부주의자다. 그가 인정한 유일한 나라는 '하나님의 나라'이며 그가 추구한 핵심적 가치는 '자유로운 개인'이다. 그 '자유'는 '비폭력과 무저항'을 통해 쟁취해야 하며 이 원칙을 지키지 못하면 인류는 결코 폭력과 억압의 사슬에서 벗어나지 못한다고 주장했다. 톨스토이는 이러한 자신의 생각을 세계만방에 알리기 위해 혼신의 힘을 다했다. 조국애를 앞세워 힘없는 국민들을 전쟁터로 내모는 '악'들에 맞서는 그의 유일한 무기는 출판이었다. 그는 자신과 같은 생각을 갖고 있는 저널리스트들의 글을 열심히 수집하고 수없이 팸플릿을 찍어대고 귀족부터 농민까지 수많은 사람들을 만나러 다녔다.

톨스토이는 '인용하기'를 즐기지 않는 작가지만 저널리스트로서는 사정이 달랐다. 자신의 주의, 주장에 힘을 실어줄 동료 작가가 필요했다. 그런 그에게 구원 투수처럼 나타난 작가가 바로 헨리 데이비드 소로(Henry David Thoreau, 1817~1862)다. 국가를 폭력 단체로 규정하며 개인의 자유와 양심의 실천을 설파하던 시기, 그의 동지는 아주 멀리서 아주 천천히 그에게로 다가왔다.

사실 오늘날 소로가 누리는 유명세는 톨스토이에 힘입은 바가 매우 크다. 톨스토이는 〈애국심과 정부〉(1900)라는 글에서 소로의 〈시민정부에 대한 불복종〉이라는 선언문 일부를 아주 길게 인용한다. 이때만 해도 그는 소로를 '미국의 한 시민'이라고만 소개했다. 그러다 다른 글에서 '미국의 작가 소로'라고 쓰더니, 나중엔 '잘 알려진 미국의 작가 소로'라고 아예 의도적으로 그를 유명 작가로 만들어버린다. 톨스토이가 우연히 발견한 '미국의 한 시민'은 그렇게 해서 '잘 알려진 미국의 작가 소로'가 된다. 살아생전엔 별 관심을 받지 못했던 소로가 죽은 뒤 유럽에서부터 세계적 명성을 얻은 까닭이 바로 여기에 있다. 톨스토이는 소로의 이름을 내세워 미국을 향해 목청을 높이기도 했다. "어째서 당신들은 소로의 말에 귀 기울이지 않는 것입니까?"

소로의 〈시민정부에 대한 불복종〉과 톨스토이의 〈시민 불복종〉

오늘날 소로는 숲 속의 생활을 기록한 산문집 《월든》으로 유명하지만 우리의 정치적 현실 때문인지 《시민의 불복종》이라는 책이 더 많이 언급된다. 이 책은 여러 해 전 일제고사 거부와 관련하여 해고된 한 교사를 인터뷰한 신문 기사에도 등장해 관심을 끌었다. 기자는 해직교사의 아침을 묘사하면서 이렇게 썼다. "평가지, 아이들에게 읽어줄 책 《몽실 언니》를 넣어 다니던 가죽 가방은 장롱 속에 모셔졌다. 대신 등산 배낭에 깔개와 무릎담요, 장갑 그리고 소로의 책《시민의 불복종》을 넣는다." 해직교사의 가방에 들어 있는《시민의 불복종》이라. 160여 년 전 콩코드 회관에서 있었던 소로의 강연 내용을 기록한 이 작은 책자는 여전히 생명력을 잃지 않았다.

정치나 사회운동뿐 아니라 환경과 교육, 철학 등 여러 분야에서 소로는 여전히 중요한 텍스트이다. 내가 가지고 있던《시민의 불복종》(강승영 옮김, 이레, 1999)을 들추어보니 "수치감이 없이는 이 정부와 관계를 가질 수 없노라"는 대목에 밑줄이 쳐져 있다. 1849년 소로의 나이 32세 때 발표된 이 글의 원제는 '시민정부에 대한 저항Resistance to Civil Government'이다. '자유가 아니면 죽음을 달라'며 영국에 맞서 마침내 탄생시킨 미합중국. 시민 소로는 바로 이 '시민정부'에 대하여 '불복종'을 선언한 것이다. 멕시코전쟁을 일으키는 정부에 대한 그의 저항은 세금 납부를 거부하는 것이었다. 소로가 인두세 미납으로 감옥에 갇힌 그 하룻밤이 오늘날까지 이토록 회자될 줄을 그는 짐작하지 못했을 것이다. 그의 친척이 달려와 대신 세금을 납부했지만 담당 공무원이자 친구이기도 했던 스테이플즈는 곧바로 그를 돌려보내지 않고 일부러 하룻밤쯤 감옥 신세를 지도록 내버려두었다고 하니 어떻게 보면 하룻밤의 연극 같기도 하다.

모스크바에서 편집과 출판 일을 하던 톨스토이는 소로의 이 선언을 유럽 전역에 퍼뜨린다. 하지만 소로의 '시민정부에 대한 저항'과 톨스토이의 '시민 불복종' 사이에는 차이가 있다. 소로는 자신이 시민임을 인정하고 정부의 필요성도 부인하지 않는다. 다만 자신의 양심에 어긋나는 정부 정책에는 단호히 저항하겠다는 것이다. 하지만 톨스토이는 '시민'이라는 개념 자체를 거부하고 있다. 그의 '불복종'은 모든 국가적 억압에 대한 불복종, 시민에게 '애국'과 '희생'과 '굴종'을 강요하는 어떠한 정부도 거부하겠다는 의미로 읽힌다.

저항의 시대로의 복귀

톨스토이가 출판을 통해 '피 흘리지 않는 혁명'을 꿈꾼 지 100년이 훌쩍 지났다. 소로의 선언으로부터는 160여 년이 지났다. 그러나 우리는 우리의 현실이 톨스토이의 시대로부터도 소로의 시대로부터도 그다지 나아지지 않았다는 것을 알 수 있다. "빈곤 대신에 만인의 부와 만족이 있어야 하고, 적의 대신에 이해의 조화와 일치가 이루어져야 한다"던 톨스토이의 주장은 이상주의자의 까마득한 꿈처럼 느껴진다. 그렇지만 '시민 불복종'이라는 화두는 여전히 뜨거워서 소로나 톨스토이의 책에, 글로만 논쟁하는 학자들의 논문 속에 잠재워놓을 수만은 없다.

소로는 〈시민정부에 대한 저항〉에서 셰익스피어의 희곡 한 대목을 인용했다.

누구의 소유물이 되기에는,
누구의 제2인자가 되기에는,
또 이 세상 어느 왕국의 쓸 만한
하인이나 도구가 되기에는
나는 너무나도 고귀하게 태어났다.

– 셰익스피어 〈존 왕〉 5막 2장

사실 일개 개인으로서 자신의 삶을, 정의를 실현하는 데에만 바치고 살 수는 없다. 우리는 그 밖에도 다른 할 일들이 많으며, 그것을 자신의 기호와 의지에 따라 선택하고 의지에 따라 추구할 권리가 있다. 소로도 이를 인정했다. 그러나 최소한 스스로 악이라고 판단하는 것과 관계하지 않고 그것을 돕는 일은 없어야 한다는 단서를 붙였다. 법을 따르면서 제도를 바꿔나가야 한다는 주장에 대해 소로는 이렇게 말한 적이 있다. "하지만 그런 방법들은 시간이 너무 오래 걸린다. 그 전에 사람의 한 생이 끝날 것이다." 톨스토이라면 어떻게 말할까. "오직 진리와 평화를 구하라. 최선을 다하라. 결과에 순응하라."

이 복잡한 세상에 겨우 발붙이고 살아가는 일개 소시민인 나에게 만인이 도덕가가 되어야 한다는 톨스토이의 이상은 버겁게 느껴진다. 하지만 자신의 양심에 따라 부당하다고 생각하는 일에는 협조하지 않는 것, 나름의 방식으로 발언하기를 주저하지 않는 것, 이런 소로식의 저항쯤은 하면서 살고 싶다.

톨스토이에게 소로는 머나먼 대륙의 가까운 과거에서 온 사상적 동지였다. 모스크바에서 소로는 톨스토이의 이상에 맞게 약간 확대해석되어 이용된 듯하다. 하지만 시대적 요구와 사회적 개인적 맥락에 따라 새롭게 받아들여지는 것이 고전 아니던가. 소로의 사상은 그동안 숱하게 재해석되면서 많은 논쟁을 낳았지만 웰빙 트렌드와 환경 자본화의 물결 속에서 상업적으로 이용되고 있는 오늘날의 오욕을 생각하면 참으로 민망해진다. 톨스토이에게 호출되고 그에 의해 널리 알려진 19세기 말, 20세기 초엽의 시대가 소로에겐 가장 영광스러운 순간이었을지도 모르겠다.

우리는 먼저 인간이어야 하고,
그다음에 국민이어야 한다고 나는 생각한다.
법에 대한 존경심보다는
먼저 정의에 대한 존경심을 기르는 것이 바람직하다.
내가 떠맡을 권리가 있는 유일한 의무는,
어느 때든 내가 옳다고 생각하는 바를
행하는 것이다.

– 헨리 데이비드 소로 《시민의 불복종》 중에서

Vincent van Gogh

& Thomas Carlyle

03

그림은 읽은 것을 밝혀주고 책은 본 것을 설명해준다

빈센트 반 고흐,
토머스 칼라일의 《영웅 숭배론》을 읽다

빈센트 반 고흐(Vincent van Gogh, 1853~1890). 내게 그의 이름은 '귀를 자른 정신병자'와 동의어였다. 십여 년 전, 고흐가 동생에게 보냈던 편지글을 묶은 책《반 고흐, 영혼의 편지》(신성림 옮김, 예담, 1999)를 읽은 후엔 그에 대한 인상이 바뀌었다. 평생 동생 신세를 지며 죄책감에 시달렸던 불우한 예술가. 다시 십여 년이 지난 오늘, 고흐가 읽었던 책 이야기를 하려고 자료를 뒤지다가 그가 쓴 편지들을 다시 읽는다. 그 속에서 책 읽는 빈센트를 만난다. 책을 통해 신앙을 발견하고, 세상을 관찰하며 자기 자신을 만들어갔던 열렬한 독서가 빈센트 말이다.

화랑에서는 책을, 서점에서는 스케치를

고흐 가문은 대대로 그림과 서적을 취급하는 일을 했다고 한다. 아버지는 목사였다. 빈센트는 아버지의 뒤를 이어 성직자의 길을 갈 수도, 삼촌들을 도와 화랑 경영에 뛰어들 수도 있었다. 어머니는 빈센트가 예술가가 되길 바랐다고 한다. 어린 시절부터 신앙, 그림, 문학 이 세 가지 세계 속에서 자란 그는 열다섯 살 되던 해부터 삼촌이 경영하는 화랑 겸 서점에서 일하기 시작한다. 하지만 그림 파는 일에는 아무런 관심도, 재능도 없었기에 가족의 기대에 부응하지 못했다. 가족들은 환경을 바꿔주면 달라질까 기대하고 런던 지점, 파리 지점으로 보내기도 해봤지만 변함이 없었다고 한다. 고흐는 언제나 책에 빠져 있었다. 런던에서는 영어로 된 신앙 서적을 읽었고, 파리에서는 프랑스 문학에 심취했다. 외국어 실력만 눈부시게 향상됐다. 가족의 기대와 달랐을 뿐 뭔가에 몰두하는 젊은이의 성장은 눈부신 것이다.

빈센트가 그림 파는 일에는 관심이 없고 책만 들여다보자 가족들은 그를 서점에 취직시킨다. 서점에 간 스물네 살의 빈센트는 어땠을까? 그토록 좋아하는 책이 있는 곳이니 좀 낫지 않았을까? 그러나 삼촌의 주선으로 들어간 서점도 빈센트는 석 달 이상 견뎌내지 못했다. 당시 그의 상관이었던 브라트에 따르면 빈센트는 네 칸으로 나눈 종이에 프랑스어, 독일어, 영어, 네덜란드어로 번역한 성경 구절을 써넣는 일에 몰두해 있었다고 한다. 장부를 쓰다가도 이내 성경에 한눈을 팔았고, 때로는 스케치에 너무 열중해서 손님조차 말을 걸지 못하는 지경이었다는 것이다.

화랑에서는 책을 읽고, 서점에서는 스케치를 하고, 어디에서도 환영받지 못한 우울한 청개구리. 그것이 가족들의 눈에 비친 고흐의 젊은 날이다. 급기야 이 청년은 아버지의 뒤를 이어 목사가 되겠다며 신학교에 들어가는데 거기에도 적응하지 못한 듯하다. 그림과 독서에 빠져 있는 빈센트는 목사 자격 시험에 통과하지 못했다. 자원해서 간 탄광촌 전도사 일에는 열의를 다했지만 아이러니하게도 너무 '광신적'이라는 이유로 교회로부터 해임되었다.

세상은 그에게서 고개를 돌렸지만, 빈센트는 그제야 세상을 향해 눈을 떴다. 성경을 거듭해서 읽고, 새로운 사상을 접하고, 동시대 작가들의 문학 작품을 탐독한 날카로운 눈으로 그는 자신이 가야 할 분명한 길을 바라보게 된다. 스물일곱. 빈센트가 화가가 되기로 결심한 나이다. 타고난 재능이 아니라 오랜 탐색과 굳은 의지로 열어낸 운명의 길이 그렇게 시작됐다.

그림 속의 책

고흐가 책을 가까이 했다는 사실은 그의 그림들에서도 분명하게 나타난다. 〈프랑스 책과 장미가 있는 정물〉(1887년 겨울~1888년). 사실 이 작품이 이 책을 시작하게 만들었다. 미술관에서 이 그림을 처음 접한 나는 그림 속 책의 제목을 알고 싶어 도록을 살펴보았지만 책에 대한 정보는 들어 있지 않았다. '고흐가 읽은 프랑스 책'에 대한 궁금증은 '예

프랑스 책과 장미가 있는 정물 반 고흐 | 캔버스에 유채 | 73×93cm | 1887~1888년

협죽도가 있는 정물 반 고흐 | 캔버스에 유채 | 73×50cm | 1888년

술가들은 어떤 책에 매혹되었을까' 하는 궁금증으로 이어졌고, 그러다 이 글을 쓰게 되었다. 당시 고흐가 동생과 동료 작가들에게 보낸 편지들을 토대로 책의 목록을 작성해보자면 그림 속의 책들은 에밀 졸라(Emile Zola, 1840~1902)의 루공마카르 총서를 비롯해 귀스타브 플로베르(Gustave Flaubert, 1821~1880), 기 드 모파상(Guy de Maupassant, 1850~1893), 공쿠르 형제, 알퐁스 도데(Alphonse Daudet, 1840~1897), 위스망스(Huysmans, 1848~1907) 같은 당대 프랑스 문단을 휩쓴 자연주의자들의 소설책일 가능성이 높다. 빅토르 위고의 《레미제라블》, 쥘 브르통이나 프랑수아 코페의 시집도 포함됐을 것 같다. 센시에가 쓴 밀레에 관한 책과 찰스 디킨스 소설의 프랑스어판, 열정적으로 수집했던 잡지 《그래픽》을 빼놓는다면 책도 고흐도 서운해하겠지. 녹색 광선이 뿜어져 나올 듯한 강렬하고도 불안한 눈과 그 눈으로 읽어 내려갔을 책들. 따라 읽고 싶지 않은가? 〈폴 고갱의 의자〉(1888년)에서도 두 권의 책이 유혹하고, 〈닥터 가셰의 초상〉(1890년)에서 가셰 박사 역시 두 권의 책에 팔꿈치를 고인 채 나른한 표정을 짓고 있다.

고흐는 책을 무척 열심히 읽었다. 수면부족에 시달렸음이 분명하다. 빈센트는 읽은 책에 대한 감상을 동생이나 친구들과 나누었고, 주변 사람들에게 열정적으로 권했다. 독서과 편지 쓰기를 통해 구체화된 영감은 최종적으로 그림이 되었다. 고흐의 일상은 읽고, 쓰고, 그리며, 기도하는 삶이었다. 이런 생활의 중심에 책이 있었다. 이 책들의 목록으로 '빈센트 애독서 시리즈'를 기획해보는 것은 어떨까. 19세기 말, 유럽을 휩쓴 예술 사조를 파악할 수 있는 훌륭한 컬렉션이 될 것도 같다.

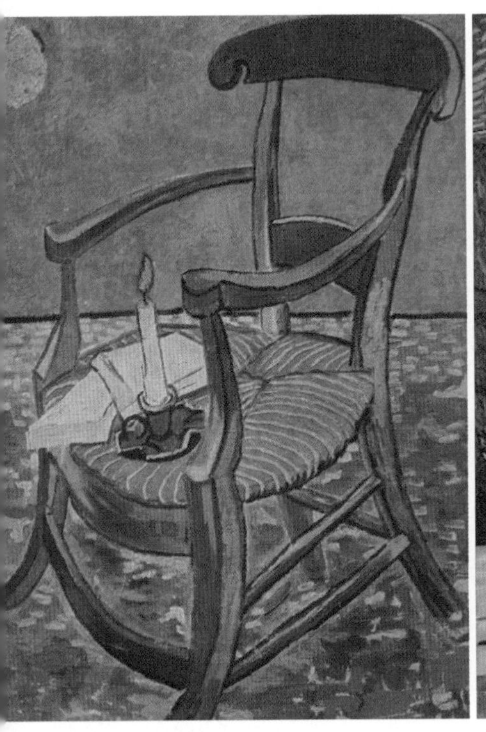

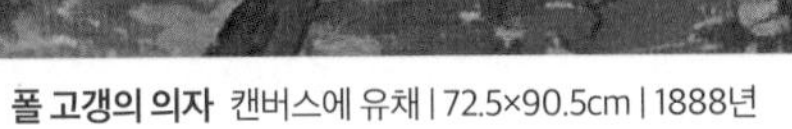

폴 고갱의 의자 캔버스에 유채 | 72.5×90.5cm | 1888년

닥터 가셰의 초상 캔버스에 유채 | 68×57cm | 1890년

내 속에 책이 있고, 책 속에 내가 있다

책을 통해 세상을 보고 자신을 읽었던 고흐. 사촌누이에게 첫사랑의 감정을 느낀 것도 쥘 미슐레(Jules Michelet, 1798~1874)의 《사랑L'amour》이라는 책의 영향이었다고 한다. 매번 비극적이고 희망 없는 사랑에만 빠져드는 빈센트의 어이없는 애정행각(그 스스로도 이렇게 표현했다)은 어려서 조지 엘리엇(George Eliot, 1819~1880)의《애덤 비드Adam Bede》를 읽은 탓이다. 토마스 아 켐피스(Thomas a Kempis, 1380~1417)와 찰스 스퍼전(Charles Haddon Spurgeon, 1834~1892)의 신앙서들, 존 버니언(John Bunyan, 1628~1688)의 역작《천로역정》을 읽으며 빈센트는 올바른 신앙의 길, 진정한 삶의 자세에 대한 성찰에 잠겨들었다. 동시에 아버지와 기존 교단에 대한 반항심에 불타오른 건 독서의 부작용일까?

찰스 디킨스와 위고 같은 작가들이 그린 현실은 자신의 처지를 비춰보는 거울이 됐다. 디킨스의 소설《어려운 시절》에 등장하는 인물, 스티븐 블랙풀은 고흐가 자신과 동일시했던 인물이다. 공장에서 짐승처럼 혹사당하고 세상 밖으로 밀려나는 이 인물에게서 고흐는 세상에 동화되지 못한 자신을 느꼈다고 한다. 르낭이 쓴《예수의 삶》은 그에게 가장 큰 위로가 되었던 책이다. '교계를 떠났지만 믿음을 버리지 않았다'는 르낭의 고백이 특히 그랬다. 1889년 아를에서 고흐가 테오에게 보낸 편지에 르낭의 책에 대해 쓴 대목이 있다. 책에 대해 이보다 아름다운 찬사를 바친 글을 나는 알지 못한다.

THE

Pilgrim's Progreſs

FROM

THIS WORLD,

TO

That which is to come:

Delivered under the Similitude of a

DREAM

Wherein is Diſcovered,
The manner of his ſetting out,
His Dangerous Journey; And ſafe
Arrival at the Deſired Countrey.

I have uſed Similitudes, Hoſ. 12. 10.

By *John Bunyan.*

Licenſed and Entred according to Order.

LONDON,

Printed for *Nath. Ponder* at the *Peacock* in the *Poultrey* near *Cornhil*, 1678.

〈천로역정〉 초판 표지. 성서 다음으로 많이 번역되었다는 〈천로역정〉의 원제목은 〈The Pilgrim's Progrefs from this World to that which is to come(이 세상에서 장차 올 세상에 이르는 순례자의 나그넷길)〉이다

올리브나무를 비롯한 특별한 식물들이 자라고 파란 하늘이 있는 이 곳에서는 틈만 나면 그 책들이 생각나는구나. 그래, 르낭이 진정 옳았다. 그가 쓴 책은 정말 훌륭했어. 프랑스어를 그렇게 구사하는 사람은 르낭밖에 없을 거다. 단어를 읽을 때마다 파란 하늘이 느껴지고 올리브나무 잎에서는 조용히 바스락거리는 소리가 들려. 르낭은 수천 가지나 되는 충실한 해석을 덧붙여 '역사'를 '부활'의 경지까지 이르게 했지. 자만에 빠지고 편견에 사로잡힌 사람들이 우리 시대에 창조된 훌륭하고 멋진 저작들을 인정하지 않는다는 건 참으로 애석한 일이다. 아, 영원한 무지, 영원한 몰이해여… 진정 평화로운 말을 대하면 이렇게 좋은 것을….

삶은 사라지지만 예술은 영원하다

토머스 칼라일(Thomas Carlyle, 1795~1881)의 《영웅 숭배론》(1841년)을 읽은 즈음, 고흐는 '예술가'가 다음 세대의 영웅이 되리란 걸 예감했던 듯하다. 그는 이 책을 두 번 읽었다고 했다. 이 책을 읽은 후 고흐는 자신이 영웅으로 숭배하던 화가 밀레의 작품들을 모사하는가 하면 지난 시절의 습작들을 다시 그리는 일에 몰두하곤 했다.

고흐는 자신이 좋아하는 작가들, 졸라나 발자크가 그들의 소설에서 화가를 묘사하는 대목에 깊은 호기심을 보였다. 물론 그들이 묘사하고 있는 화가의 모습은 고흐 자신과는 거리가 멀어 보였고, 그가 바라는 수준에 미치지 못할 때도 많았지만 실망하거나 비난하지 않았다.

"종교는 사라지지만 하나님은 영원하다"는 위고의 말과 "사라지는 것들 속에서 사라지지 않는 것을 붙잡아야 한다"고 썼던 가르비니의 한마디가 적혀 있는 페이지를 펼쳐 읽으며 평안에 잠기곤 했다.

《영웅 숭배론》의 저자 칼라일은 이 책에서 옛 신화와 예언자와 시인, 성직자, 문인, 제왕으로 나타난 영웅들을 이야기한다. 칼라일의 시대에 영웅은 거기까지였다. 고흐는 그다음 시대를 기대하며 눈을 감았으리라. 머지않은 미래엔 예술가가 영웅으로 숭배될 것임을 그는 알았다. 곧 영웅이 된 화가의 이야기가 쓰여지고, 그 자신이 주인공이 되리라는 것도 알았다. 이제 그의 작품은 미술품 시장에서 최고가를 경신하고 그의 삶과 예술을 영웅적으로 숭배하는 책의 종류는 셀 수가 없을 정도로 많이 나와 있다. 고흐는 우리 시대, '영웅으로 숭배되는 최초의 화가'라는 자리를 차지했다. 그리고 내가 하고 싶은 말은, 그가 숭배한 영웅은 책이었다는 사실이다.

> 아, 우리는 시대가 위인을 부르고 갈구해도
> 나타나지 않은 예를 많이 알고 있다.
> 위인은 없었다. 신은 그를 보내지 않으셨다.
> 시대는 힘을 다해서 외치고 찾았으나
> 이러한 위인은 부르는 때에 오지 않았으므로
> 시대는 혼란과 멸망 속에 빠지지 않으면 안 되었다.

– 토머스 칼라일 《영웅 숭배론》 중에서

Paul Gauguin

& Victor Hugo

04

장 발장처럼 강하고 가난한 무법자

폴 고갱,
빅토르 위고의 《레미제라블》을 읽다

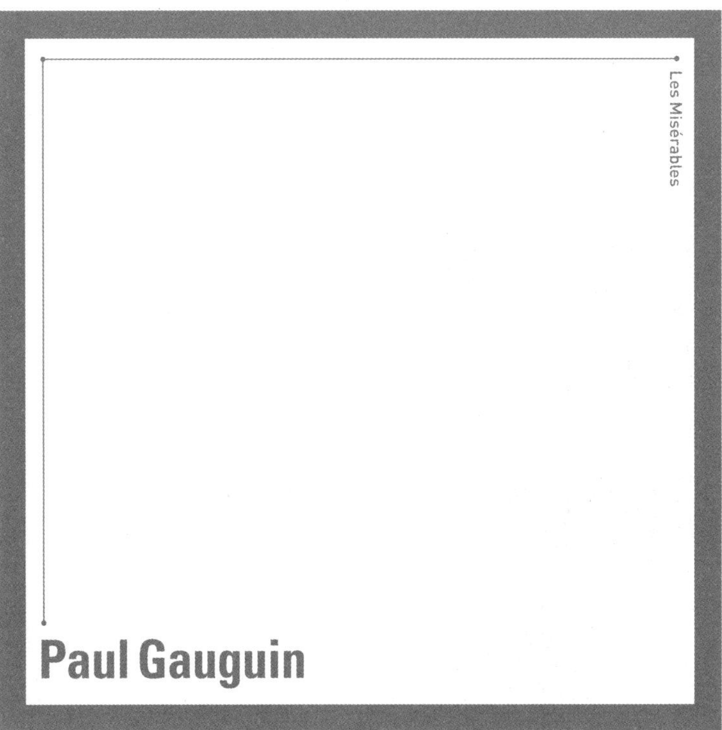

Paul Gauguin

1888년 고갱(Paul Gauguin, 1848~1903)은 아를에 머물고 있는 고흐에게 자화상을 보냈다. 당시 화가들 사이에선 서로의 초상화를 교환하는 것이 유행이었다고 하는데, 고갱에게도 자화상을 교환하자고 하는 친구가 있었고, 그가 바로 고흐였다. 고갱은 자화상을 교환하자는 고흐의 거듭되는 독촉을 받아들여 자화상을 그려 아를로 보낸다. 오래 미룬 숙제를 해치우듯 대강 그려낸 그림이었지만 그 속엔 많은 이야기가 담겨 있다.

꽃과 어린 소녀들 배경으로 친구인 에밀 베르나르(Emile Bernard, 1868~1941)

고흐를 위한 자화상(레미제라블) 폴 고갱 | 캔버스에 유채 | 45×55cm | 1888년

의 얼굴과 자신의 얼굴을 그려넣은 고갱의 초상화. 거기에는 순수의 세계를 배경으로 삼지만 파리 화단에서 서로의 알력을 겨루며 출세하고픈 욕망을 감추지 못하던 고갱의 모습이 엿보인다. 그림의 오른쪽 한편에는 "레미제라블, 나의 친구 빈센트에게"라는 글이 적혀 있다. '레미제라블'은 '불쌍한 사람들'이라는 뜻으로, 당시 프랑스를 열광시킨 빅토르 위고(Victor Hugo, 1802~1885)의 소설 제목이기도 하다. 그는 소설《레미제라블》의 주인공 장 발장에게서 자신의 모습을 본 것이다. 또한 그것은 아를에서 그를 애타게 기다리는 고흐의 모습이기도 했다. 사회에서 억눌리고 추방당한 장 발장의 이미지는 세상에 새로운 예술을 보여주고도 인정받지 못한 인상주의 화가들과, 어디에서도 설 곳을 찾지 못하고 떠돌 수밖에 없는 고갱 자신의 모습과 닮아 있었다.

고갱은 고흐에게 그림을 보내면서 편지에 이렇게 썼다. "자신에게 냉혹한 사회에게 오히려 선을 행하겠다"라고. 그때는 그들끼리 통하는 이야기였지만, 이제는 우리 모두가 아는 이야기가 됐다. 화가는 그렇게, 그림을 통해 뒷세대에게 말을 걸고 그들이 품었던 빛을 건넨다. 그 빛 속에서 이런 속삭임이 들려왔다. "당신도 위고의《레미제라블》을 만나보기를 바라오."

두 얼굴의 사나이

그는 한 생에 두 개의 삶을 살았다. 그 삶이 갈리는 곳에 서른다섯이라는 나이가 있었다. 이전의 삶에는 수식중개인이라는 보수 좋은 직업,

아름다운 아내, 다섯 명의 아이들도 있었다. 서머싯 몸(William Somerset Maugham, 1874~1965)의 소설《달과 6펜스》에 그 상황이 자세히 그려진다. 소설에서 주인공 남자는 이 모든 것에 환멸을 느끼고 매몰차게 떠나는 것으로 묘사됐다. 하지만 고갱의 진실은 서머싯 몸의 소설 속 주인공 스트릭랜드와는 거리가 있다.

사람들은 가지지 못한 것을 얻었을 때의 기쁨보다 원래 가졌던 것을 잃을 때의 아픔을 더 크게 느끼게 마련이다. 아니, 아픔을 느끼는 정도가 아니라 그런 상태를 좀처럼 받아들이지 못한다. 고갱에겐 부르주아적인 삶의 흔적이 너무도 많이 남아 있었다. 아무리 떨쳐버리려 해도 안 되는 건 안 되는 것이었다. 아내와 아이들에 대한 사랑, 빵을 벌기 위해 벽보 붙이는 일을 할 때, 파나마 운하의 노동자로 있을 때 보여줬던 성실함, 좋은 음식과 커피와 술에 대한 고급 취향들, 힘 있는 사람이 해준 칭찬이나 인정의 말을 소중히 여기고 그에 기대는 습성, 삼십오 년의 삶 동안 뼈와 살에 스며 있던 생활의 습성들은 화가의 삶을 선택한 뒤에도 쉽게 지워지지 않았다. 예술가의 삶을 시작하면서 드러낸 야수 같은 본성도 예전 생활의 흔적을 완전히 몰아내진 못했던 것이다. 그는 과거와는 반대의 삶을 살려고 발버둥쳤지만 그것은 끊임없이 자신을 혼란으로 몰아넣을 뿐이었다.

그는 누구보다 가족을 사랑했지만, 가족을 떠났다. 도시에서의 명성을 갈망했지만 원시생활을 선택했고, 성실하고 부지런했지만 자신의 어깨에 올려져 있는 의무들에 무책임했다. 예의를 중요시했던 그는 은인을 배신했다. 원시적인 삶을 예찬하면서도 그들의 무지함을 비하했다. 보수주의자들을 경멸하면서도 진보에 대한 일관된 생각과 실천을 보여주지 못했다. 타히티에서는 성적性的인 혼란을 겪기도 했다. 전혀 다른 삶을 살겠다고 결심한다고 해서 사람이 하루아침에 달라질 수는 없다.《레미제라블》을 읽은 그는 이미 그걸 알고 있었다. 소설《레미제라블》에서 주교의 촛대를 훔친 일로 인생의 전기를 맞고 새로운 삶을 시작한 장 발장도 자신을 완전히 바꾸지는 못했다. 장 발장이 과거의 그늘 때문에 고통받은 것처럼, 서른다섯 이후 새로운 삶을 선택한 고갱의 삶도 고통스러웠다. 물론 고통만 있던 것은 아니었다.《레미제라블》의 주인공 장 발장. 그는 고갱의 마음속에 있는 여러 개의 자아들을 하나의 빛으로 묶어주었다. 냉혹한 세상이지만 그런 세상에 좋은 일을 행하고 떠나야겠다던 고갱의 다짐이 바로 그 대답이었다.

불쌍한 사람, 나야말로

빅토르 위고가《레미제라블》을 처음 구상한 것은 1839년 여름. 당시 위고는 형무소를 견학했는데, 그곳에서 형장으로 끌려가는 죄수들을 보고 불쌍한 한 인간의 삶을 그리려는 계획을 세웠다고 한다. 이후 이 아이디어에 대한 메모가 이어지다가 1845년에 이르러 본격적인 집필에 착수, 1861년 여름에 완성했다. 그러는 동안 '불쌍한 한 사람'이었던 애초의 제목은 '불쌍한 사람들'이라는 복수형으로 바뀌었다. 한 죄수의 삶을 그리면서 위고는 한 사람의 불행은 그 사람 자체로 인한 것

초판본 《레미제라블》(1862년)에서 에밀 바야드가 그린 코제트의 초상화

이 아니라 전 사회에 의한 것이라고 인식하게 됐고, 그래서 '레미제르' 였던 제목도 '레미제라블'로 고쳤던 것이다.

장장 20여 년에 걸쳐 쓰고 다듬은 이 작품이 얼마나 대단한 생명력을 지닌 채 전해지고 있는지 우리는 알고 있다. 위고는 글쓰기를 방해하는 외부의 유혹으로부터 자신을 가두기 위해 목에서 발끝까지 내려오는 옷을 사서는 빠져나오지 못하게 꿰매었다고 한다. 그 자루 같은 옷 속에 갇혀서 그는 매일 새벽을 밝히고, 프랑스의 지성을 밝히고, 세계의 양심을 밝혔다.

《레미제라블》은 너무 길다

작자가 《레미제라블》을 완성하는 데에 20년이란 세월이 걸렸다지만, 오늘날의 독자가 이 소설을 제대로 읽는 데에는 더 긴 시간이 필요한지도 모르겠다. 영화나 뮤지컬이 아닌 책으로서의 《레미제라블》, 어린이용으로 편집된 동화 《장 발장》이 아닌, 완역본 《레미제라블》을 읽고 진짜 《레미제라블》의 정수를 맛보게 되기까지 걸리는 시간 말이다. 지금까지 알던 《레미제라블》이 완전한 《레미제라블》이 아니라는 걸 깨닫기까지가 길고, 완역본으로 읽을 결심을 하고 시간을 내기까지가 또 길다. 완전히 읽어내기까지가 다시 한 번 길다. 지루한 전투 장면이나 등장인물의 세세한 내력을 읽어 내려갈 때는 책을 집어던지고 싶어지기도 했다. (프랑스어로 읽기까지 또 얼마나 걸리려나…)

장 발장 이야기라면 너무도 잘 안다고 생각했고, 그래서 영화나 뮤

약본을 통해 익숙해 있는 대목에만 정신이 집중되기도 했다. 그러나 완역본을 읽지 않았다면 맛보지 못했을 즐거움들이 모든 수고를 위로해주었다. 성인으로 변모한 장 발장이 때론 양심과 타협하고픈 유혹에 시달리다 겪던 아픔, 옳다고 믿는 것이 꼭 옳은 것은 아니라는 진리의 아이러니를 거듭 상기시켜준 자베르 형사의 고뇌, 코제트와 마리우스의 사랑이 보여주는 젊은 열정의 풍경들….

《레미제라블》 속 불쌍한 사람들은 19세기 프랑스 민중들이지만 그들은 바로 오늘 우리의 모습과도 연결되어 있다. 그 지점에서 다시 배우게 된다. 우리의 삶은 늘 여러 개의 자아와 싸우며 나아감을 인정해야 한다는 것을. 나의 신념이 타인에게도 옳으리라는 생각을 버려야 한다는 것을. 언젠가는 내 뒤에 오는 이들의 생을 꽃피워주기 위해 내 욕망을 감추고 내가 이룬 모든 것을 그들 앞에 거름으로 바칠 준비를 해야 한다는 것을. 그리고 아무 말 하지 않고, 다만 용서를 빌어야 한다는 것을…. 그리고 또 하나의 아픈 깨달음. 젊음과 사랑은 누구에게나 주어지지만, 그 열매는 아무나 맛볼 수 있는 것이 아니라는 점이다. 나같이 우매한 이에게 젊은 날의 사랑은 어리석고 무모한 열정으로 시들었지만, 코제트와 마리우스에겐 인생의 가장 아름다운 꽃으로 만개했다. 어쩌면 인생의 비밀이 거기에 있는지도 모르겠다. 묻지도 따지지도 말고 사랑하라!

"그래! 바로 그거야! 마무리를 지어! 네가 하는 일을 완수해! 그 촛대들을 없애버려! 그 추억을 지워버려! 주교를 잊어! 모든 것을 잊어!

그 상마튜를 파멸시켜! 계속해, 잘하고 있어. 기뻐해! 그렇게 합의되고 결정되고 선언되었어. 그 사람, 자기에게 무슨 짓을 하려는지조차 모르는 늙은이, 아무 잘못도 저지르지 않았을지도 모를, 아마 무고한 사람일지도 모를 그 늙은이, 너의 이름이 그의 모든 불행을 만들고 범죄처럼 짓누를 그 사람, 너를 대신해 잡혀서 선고를 받고, 수치와 끔찍함 속에서 생을 마감할 그 사람은 내버려두어! 그렇게 되는 것이 좋아. 반면 너는 정직한 사람으로 남아 있어. 시장으로 남아서, 명망 높고 존경받는 시장님으로 남아서, 도시를 부유하게 만들고, 궁핍한 사람들을 부양하고, 고아들을 기르며, 행복하고 고결하며 칭송받는 사람으로 살아! 그러면, 네가 이곳에서 기쁨과 밝은 빛 속에서 사는 동안, 다른 한 사람은 도형장에서 너의 붉은색 작업복을 입고, 수치 속에서 너의 이름을 달고 다니며, 너의 쇠사슬을 발목과 목에 걸고 있을 거야! 그래, 잘된 일이야! 아! 불쌍한 것!"

– 빅토르 위고 《레미제라블》 중에서

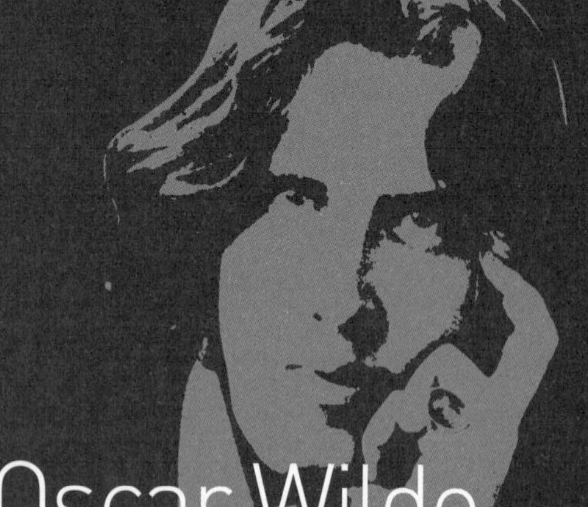

Oscar Wilde

& Robert Louis Stevenson

05

삶을 둘로 나눌 수 있다면

오스카 와일드,
루이스 스티븐슨의 《지킬 박사와 하이드》를 읽다

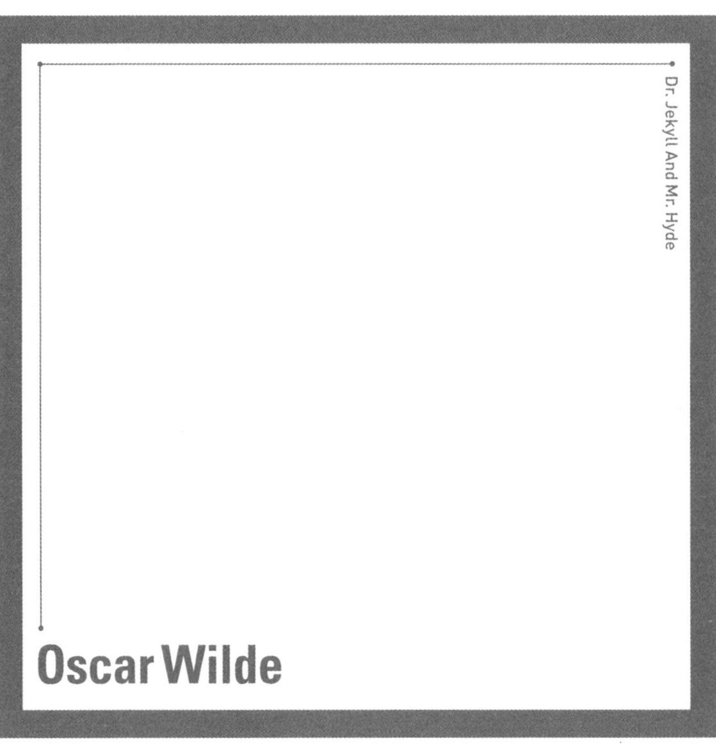

"세상에 새로운 아름다움을 보여주었으나 세상으로부터 냉혹하게 외면당한 사람들." 고갱은 동시대의 인상주의 화가들을 그렇게 표현했다. 그럼에도 고갱은 그런 냉혹한 세상에 선한 일을 하겠다고 다짐했었다. 그와 동시대를 살았던 주변 사람들이 바라본 고갱의 삶에는 그리 선하다고 할 만한 점이 없어 보일지 모르지만 그 스스로는 자부할 만한 인생이었을 것이다.

아무도 알아주지 않았던 고갱의 선한 삶. 그가 위고의 《레미제라블》을 읽으며 장 발장의 기구한 인생에 자신의 운명을 빗대어보았나는 사실을 접했을 때, 문득 떠오르는 이름이 있었다. 오스카 와일드 (Oscar Wilde, 1854~1900). 세상에 새로운 아름다움을 보여주었으나 세상으로부터 차갑게 외면당한 이름. 내게는 그런 이름들을 애틋하게 간직하는 습관이 있다. 누구도 주지 못했던 감동을 만들어냈으나 결코 위인전의 주인공은 될 수 없는, 아직도 냉혹한 외면 속에 잠겨 있는 불운한 예술가들 말이다. 이번에는 불운했다는 말밖에는 달리 수식할 말이 떠오르지 않는 예술가 오스카 와일드가 읽었던 책 이야기를 해볼까 한다.

운동을 싫어하고, 고독했던 어린 시절로부터

오스카 와일드의 연보에서 내 마음을 가장 사로잡은 건 '운동을 싫어하고 고독한 어린 시절을 보냈다'는 대목이었다. 마치 거울처럼 내 어린 시절을 비춰주기 때문이었는데, 나는 체육시간이면 자동 당번이 되었고, 외톨이처럼 혼자 걷는 일이 많았다. 오스카 와일드의 젊은 시절 사진을 보면 멋을 한껏 냈지만 젊음의 탄력은 찾아보기 어렵고 약간 나른한 듯한 심드렁한 표정으로 초점 없는 시선만을 허공에 던지고 있는데, 어쩌면 지금의 내 상태 같기도 하다. 무기력하고, 될 대로 되라는 듯 생에의 집착에서 마음을 놓아버린 상태 말이다.

마음에 없는 말과 행동은 아무리 이득이 되는 것이라 할지라도 죽어도 할 수 없는 그의 고약한 성미에도 동질감을 느낀다. 세상의 금기 뒤에 비겁하게 숨지 않고 정면 승부를 택했다는 점에서도 높은 점수를 주고 싶다.

오스카 와일드의 본명은 Oscar Fingal O'Flaheritie Wills Wilde다. 이름의 길이만큼이나 부모님이 그에게 거는 기대가 컸다. 부담감이 그를 오래 따라다녔지만 오스카는 일찍이 자신이 예술가임을 알았다. 하지만 그는 위대한 작가가 될 자신은 없었다. 성경책을 읽고서 더 훌륭한 이야기를 쓸 자신이 없어졌다며 작가의 길은 포기한다고 선언하기도 했다. 하지만 그는 옥스퍼드 대학 시절, 스승이던 월터 페이터와 존 러스킨의 책을 읽으며 예술지상주의자로서 자신의 길을 예감한다. 월터 페이터 그리고 존 러스킨은 오랜 역사와 기독교에 깊이 뿌리를 둔, 영국의 전통을 숭상하면서도 더 나은 세상을 꿈꾸었던 사람들이었다. 오스카 와일드는 이들이 쓴 책의 세례를 받고 발자크와 괴테의 책으로부터 배운 후 습작이나 실습 기간도 없이 자신의 세계를 펼쳐 보이기 시작한다.

움직이기 싫어하고 고독했던 어린 오스카는 커서 어떻게 되었을까. 뜻밖에 그는 화려하게 주목받는 삶을 꿈꾸며 세계를 쏘다닌다. 그를 환영해주는 파티장을 찾아 쫓기듯 길을 나섰던 오스카 와일드. 그러는 동안 "정말로 아름다운 것들은 항상 나를 눈물짓게 한다"고 했던 감성은 "런던의 만찬 테이블을 지배할 수 있는 사람만이 세상을 지배할 수 있다"는 치기 어린 명예욕으로 바뀌었고, 아프거나 우울한 이들을 미소 짓게 만들던 그의 따스한 유머는 파리를 말솜씨로 점령한 기이한 처세술로 치부돼버리고 말았다.

오스카 와일드

인생을 둘로 쪼갤 수 있다면

유명인으로 살면서 진심을 오해받는 경우는 얼마나 많은가. 때로 이해받기도 하고 용서되기도 하고 세월이 흐름에 따라 잊히기도 하건만, 오스카 와일드라는 이름의 유명세는 그의 삶을 불행의 꼬챙이로 꿰어 송두리째 뒤흔들어놓았다. 단 하나의 잘못 때문에 세상에 미운털이 박힌 채 평생 고통을 받아야 했던 그였다. 하지만 세상은 그런 괴로움을 헤아려주지 않았다. 사랑의 행위에 대해, 사적인 성적 취향에 대해 재판하고 처벌하는 세상이 오스카 와일드가 살았던 영국 빅토리아 시대에만 있었던 것은 아니다. 오스카 와일드의 고독과 상처와 슬픔은 사람들이 있는 곳이라면 어떤 방식으로든 어떤 모습으로든 존재한다.

빅토리아 시대에 21세기보다 더 앞선 세상을 원했던 오스카 와일드는 시대와 불화하는 자신을 둘로 나눌 수 있었으면, 하고 상상하고 자신의 예술과 자신의 삶을 분리시켜 이해할 수는 없는 것인가 하고 탄식했다. 그런 고뇌 속에서 그는 깨달았다. 옛날이야기 속에 전해오는 괴물이나 천재지변이나 신에 대한 두려움보다 더 무서운 것이 바로 인간의 마음속에 있다는 것을. 극악한 공포의 세계는 인간의 내면에 있는 것이었다. 그에게 이런 사실을 알려준 책이 있었다. 로버트 루이스 스티븐슨(Robert Louis Stevenson, 1850~1894)의 《지킬 박사와 하이드》가 바로 그것이다. 오스카 와일드가 이 책에서 받은 영향은 그의 소설 《도리언 그레이의 초상》에도 깊은 흔적을 남기고 있다.

선을 지키려다 악에게 먹혀버린

루이스 스티븐슨의《지킬 박사와 하이드》는 당시엔 영국을 뒤흔든 문제작이었지만 만화영화, 뮤지컬 등으로 널리 알려진 이야기이기에 새삼 그 원작을 읽는다고 특별한 감흥이 있을 거라곤 기대하지 않았다. 그런데 변호사의 시선이 이끌어가는 지킬 박사와 하이드의 이야기는 이미 사건의 전말을 알고 있다는 사실이 안타까울 만큼 치밀한 짜임새에, 긴장감이 넘쳤다. 나이가 들면 아는 노래만 부르고 아는 사람만 만난다더니 아는 이야기, 아는 책이 좋아지는 것도 나이 탓이려나.

선을 지키기 위해 악을 떼어내고자 했던 지킬 박사의 실험은 실패로 끝난다. 지킬 박사는 젊은 날의 방탕했던 생활과 지금도 그에게서 완전히 떠나지 않은 어떤 욕망을 그의 명예와 선한 본성으로부터 완전히 격리시키기 위해 하이드라는 존재를 만들었다. 어쩌면 그것은 순수한 채로 남아 있는 악마 같은 본성에 새로운 생명력을 부여하여 제 갈 길을 가게 하고 싶었던 마음이었는지도 모른다. 명망 있는 과학자로서 지킬이 하지 못하는 것을 하이드는 할 수 있기 때문이다. 내가 아는 하이드는 쇠약한 지킬에 비해 젊기도 하거니와 육체도 훨씬 강건했는데(헐크의 영향인가) 원작에서의 하이드는 미성숙한 몸을 지닌 난쟁이로 묘사된다. 미성숙함과 야수 같은 원시성. 그것이 루이스 스티븐슨이 '하이드'라는 인물에 담아놓은 악의 실체다.

그런데 나는 묻고 싶다. 아직 덜 자란 몸과 인격, 그리고 문화의 세례에 길들여지지 않은 원시성, 그것이 정말 악인 걸까. 다 자란 몸과 훌륭하다고 칭송받는 인품에, 스스로 문화인을 자처하는 사람들이 보여주는 비열함을 생각하면 기실, 하이드라는 존재는 악의 세계 앞에 명함을 내밀기도 부끄러운 초보적인 수준이 아닌가 싶어진다. 그는 적어도 자신이 악의 결정체라는 걸 인정하고 있으니 말이다.

하여간 지킬 박사의 영혼에 잠자던 하이드는 그토록 작고 볼품없는 몸으로 조금씩 조금씩 지킬의 나머지 한쪽을 잠식해갔고, 지킬 박사가 인생을 사는 동안 가꾸었던 선의 영역을 몽땅 차지해버릴 야심을 키웠다. 그렇다. 인간은 선으로만 살 수도, 악으로만 살 수도 없는 존재다. 때로는 하이드가 조금 더 목소리를 높여 그를 괴롭히더라도 그의 파트너로서 지킬은 하이드를 인정하고 다스리는 것으로 만족했더라면 좋았을 것이다. 그랬다면, 지킬과 하이드의 이야기는 살아남지 못했겠지만.

오스카 와일드의 빛을 찾아서

오스카 와일드는 자기가 비록 죄인으로 낙인찍혀 감옥에 갇히고, 전 재산을 몰수당하고, 가족들에게까지 불명예를 지게 만들었을지언정 자신에게 내려진 사회적 비난이 자신의 작품에까지 그늘을 드리우지 않기를 바랐다.

작가에게서 작품을 떼어내기란 지킬에게서 하이드를 떼어내는 것만큼이나 어려운 일이겠지만, 그러나 적어도 우리가 사는 세상은 오스카 와일드의 바람에 조금이나마 부응하리란 것을 믿고 싶다. 어떤 시대를 사느냐에 따라 악의 개념이 달라지고 하이드의 모습 또한 달라지듯이 우리가 예술가와 그의 작품을 보는 시각도 달라지고 있기 때문이다.

우리는 지난 시대보다 조금 더 성숙한 모습으로 예술가의 삶과 그들의 작품을 바라볼 수 있어야 한다. 그의 예술을 칭송하기보다는 그의 사생활을 비난했던 냉혹한 세상으로부터 놓여나 그토록 아름다운 이야기로 우리들을 눈물짓게 해준 빛나는 감성으로 이 어두운 세상을 환히 비춰주기를, 우리 모두가 그 빛의 수혜자가 되기를 바란다.

나는 내 삶의 본성에 따라 흔들림 없이 한 방향으로, 오로지 한 방향으로 나아갔다. 나는 도덕적 측면과 나 자신의 인성 안에서 철저하면서도 두 본성이 투쟁하고 있으며, 만일 내가 그 둘 중 어느 하나라고 해도 틀리지 않는다면, 그것은 내가 근본적으로 그 둘 모두이기 때문이란 사실을 알게 된 것이다. 그래서 일찍부터, 심지어 나의 과학적 발견들이 엄청난 기적의 가능성을 실제로 보여주기 전부터, 나는 선악을 분리시킨다는 생각을 달콤한 백일몽 속에서 상상하길 즐겼다. 만일 각각을 분리해서 별개의 육신 속에 집어넣을 수 있다면 인생은 견딜 수 없는 저 모든 고통에서 해방될 것이라고 나 스스로에게 말했다. 만일 그게 가능하다면, 부정직한 본성은 자신의 쌍둥이 형제인 강직한 본성의 열망과 가책에서 벗어나 원하는 대로 할 수 있을 것이다. 또한 올바른 본성은 선량한 일을 하면서 즐거움을 찾고 있고, 더 이상 이 사악한 외적 존재의 손아귀에 잡혀 치욕과 참회를 해야 할 필요 없이, 자신의 상승 궤도를 따라 착실하고 안전하게 걸어갈 수 있으리라. 화해 불가능한 둘이 하나의 다발로 묶인 것, 즉 고통스러운 의식의 자궁 속에서 양극단에 위치한 쌍둥이가 끊임없이 투쟁하는 것이야말로 인류에게 가해진 저주였다. 그렇다면 어떻게 이 둘을 분리할 것인가?

– 오스카 와일드 《지킬 박사와 하이드 씨의 기이한 사례》 중에서

Charlie Chaplin

& Charles Dickens

06

인생이란 그저 투쟁일 뿐

찰리 채플린,
찰스 디킨스의 《올리버 트위스트》를 읽다

얼굴엔 슬픔이 가득하지만 입가엔 미소가 어려 있고, 반짝이는 눈물 방울이 긴 눈썹 끝에 아롱져 빛나는 모습. 찰리 채플린(Charlie Chaplin, 1889~1977)의 영화 〈라임라이트〉의 주제가를 들을 때마다 떠올리는 여인의 얼굴이다. 찰리 채플린이 직접 작곡하고 지휘했다는 이 음악을 들으면 그가 표현하고자 했던 것이 무엇인지를 어렴풋하게나마 느낄 수가 있다. 그 선율은 세상이 아무리 어둡고 슬픔에 가득 차 있다 해도 우리의 인생은 여전히 아름답고 사랑은 언제나 숭고한 거라고 말하는 듯하다.

이 음악을 무한 반복해 들으면서 세상풍파에 황폐해진 마음을 다독이던 때가 있었다. 그의 음악은 시럽을 입힌 당의정처럼 인생의 쓴맛을 달콤하게 감싸주었다. 그리고 그의 책은 우리가 싸워나가야 할 것은 바로 인생 그 자체라는 것을 일러준다. 찰리 채플린의 회고록《나의 자서전》을 보면 그가 책으로부터 입은 혜택이 얼마나 컸는지를 느낄 수 있다. 그가 지나온 투쟁의 길에는 늘 책이 함께했다. 배고픔 속에서, 꿈을 찾아가는 여정에서, 낯선 도시에서, 시대의 혼란 속에서, 친구를 만나고 돌아와 홀로 있을 때도 그는 늘 책과 함께했다. 성공한 사람에게 독서란 사실 너무나 당연한 습관이란 생각을 하면서도 찰리가 책을 읽는 모습을 상상해보노라면 어쩐지 가슴이 뭉클해진다.

최초의 책, 올리버 트위스트

'여덟 명의 랭커셔 소년들'이라는 극단에서 활동하던 시절, 찰리 채플린은 브랜스비 윌리엄스라는 배우에게 사로잡혔다고 한다. 그는 영국 작가 찰스 디킨스(Charles Dickens, 1812~1870)의 작품에 자주 출연하면서 이 배우를 통해 문학에 관심을 갖게 된다. 찰리 채플린은 자서전에서 '찰스 디킨스의 소설에 나오는 인물들을 파헤쳐보고 싶었다'고 적었다. 불과 열 살 남짓 되었을 무렵에 그런 생각을 했다는 것이 잘 믿기진 않지만 당시에 이미 배우가 되겠다는 분명한 목표를 갖고 있었음을 감안하면 아주 허풍은 아닌 것 같다. 어머니와 헤어져 지내는 데다 열 살도 되기 전부터 자기 밥벌이를 걱정해야 했던 꼬마 채플린은 찰스 디킨스의 소설《올리버 트위스트》를 사서 거기에 나오는 인물들을 하나 둘 흉내 내며 연기 연습을 시작했다. 춤추고 노래하는 '여덟 명의 랭커셔 소년들'의 일원에 머물지 않고 배우로서 당당히 무대에 설 기회를 잡기 위한 것이었다. 동료들을 앞에 놓고 연습하던 찰리 채플린은 금세 극단주의 눈에 띄어 1인극에 도전할 수 있는 기회를 잡게 된다.

어린 날의 찰리 채플린은 찰스 디킨스의 소설과 작중인물들에 매혹될 수밖에 없었다.《올리버 트위스트》의 주인공 '올리버'는 바로 찰리 자신이었고, 올리버를 괴롭히던 페이긴 일당은 곧 그가 살고 있는 세상과도 같았으므로.

견디는 힘

《올리버 트위스트》는 읽는 이로 하여금 문득 옛 생각에 잠기게 만드는 마력을 가지고 있다. 어린 시절의 욕구불만이 불러일으키는 상처 하나쯤은 누구나 가지고 있을 것이다. 나 역시 부모님이 철없는 내 요구를 들어주지 않을 때면 이불을 둘러쓰고 엉엉 울면서 엉뚱한 상상을 하곤 했다. 나는 이 집 자식이 아니고, 내 부모는 다른 사람들이라고 생각하며 진짜 내 부모의 모습을 멋대로 그려보는 것이다. 그분들이 어느 날 갑자기 나타나서 나를 다른 세상으로 데려갈 거라고 생각하다 보면 눈물이 멎고 마음이 누그러들면서 편히 잠들 수 있었다. 아이들은 대개 다리 밑에서 주워왔다고 놀리는 가족들의 말을 진담으로 듣고 상처를 받곤 한다지만, 반대로 자신을 둘러싼 있지도 않은 비밀들을 가상으로 만들어서 마음대로 안 되는 현실의 도피처로 삼기도 한다. 이런 사실을 부모들이 안다면 그들이 더 크게 상처받을지도 모르지만.

어쨌거나 소설 속의 주인공은 그런 상상으로 스스로를 위로할 겨를도 없이 부단한 수난을 겪는다. 하지만 올리버는 자신에게 언뜻언뜻 나타났다 사라지는 빛을 바라보면서 언젠가는 그 빛의 세상이 완전히 자신의 것이 될 거라고 믿긴 했던 것 같다. 그러지 않고서야 어떻게 그 험난한 역경들을 견딜 수 있었겠는가. 부모를 잃은 어린이가 냉혹한 현실에 던져져 온갖 고난을 당하지만 결국 자기 본래의 자리를 찾아간다는 지난한 여정. 소공녀나 캔디와 마찬가지의 과정을 올리버 트위스트도 거치고 있다. 올리버 트위스트의 이야기가 소공녀나 캔디와 다른 점이 있다면 선과 악은 어디에나 비슷한 비중으로 존재한다는 것을 보여준다는 것이다. 우리가 선이라고 생각하는 영역에도 악은 버젓이 존재하며 어두운 뒷골목에도 선의 씨앗은 자라나는 법이다.

한번 어긋난 운명의 기차를 탄 작고 힘없는 올리버 트위스트가 본래 자리로 돌아가는 과정은 결코 자신의 의지나 노력만으로 되는 일이 아니라는 것은 확실했다. 그에게 중요한 것은 진실이 자기 앞에 모습을 드러낼 때까지 얼마나 견딜 수 있는가 하는 문제였다. 힘없고 나약한 존재가 자신을 삼키려 드는 세상 앞에서 스스로를 지켜낸다는 것은 얼마나 버거운 일인가. 일각이 영원처럼 괴로운 나날들 속에서 언제 올지도 모르는 광명의 날을 믿고 기다린다는 것만큼 힘겨운 일은 또 어디에 있는가.

'힘없고 나약한'이라는 대목에서 떠올릴 사건과 이름들은 얼마나 많은가. '힘없고 나약한' 존재들이 아귀 같은 세상의 공격을 견디며 스스로를 지켜낸다는 것, 그것은 17세기 런던 거리의 올리버 트위스트에게나 21세기의 자신이 힘없고 나약한 존재라고 느끼는 모든 사람들에게나 마찬가지로 힘든 일이다. 그 힘겨움을 덜어주고 자신감을 북돋아주고 위기에서 스스로를 구하는 힘을 '힘없고 나약한' 존재들은 어디에서 찾아야 하는 걸까. 찰리 채플린은 말한다. 배경도 학벌도 인맥도 없던 그의 머리맡엔 항상 책이 있었었다고.

배움과 독서, 특별하지 않은 일상

이 글을 쓰고 있는 작자가 눈을 부릅뜨고 애써 의미 부여를 해서 그렇지 사실 찰리 채플린은 자신의 자서전에서 끼니도 제대로 챙기기 어려웠던 그 시절 이야기를 하면서, '빵 살 돈도 없는 형편에서도 책을 샀노라'고 자랑스럽게 쓰지는 않았다. 눈물겹게 가난하고 고단한 시절을 간신히 견디는 가운데 문득 행운을 잡은 것처럼 이야기하고는 나중에는 천연덕스럽게 이런 일화들을 덧붙인다. 그 배고프던 시절부터 바이올린과 첼로를 매일 여섯 시간씩 연습했고, 순회공연을 다닐 때면 따로 비용을 마련해 극장의 연주자들을 쫓아다니며 레슨을 받았으며, 공연 사이사이에 여유가 있을 때마다 책방에 들러 이런 저런 책들을 구해 읽었다고. 그러면서 그 책들의 목록을 제시한다. 신출내기 배우 시절부터 그가 얼마나 지식에 목말라했던가를 느낄 수 있는 대목이다. 쇼펜하우어(Schopenhauer, 1788~1860)의 철학 서적은 평생을 끼고 살고도 통독 한번 못했다지만 시대의 흐름을 읽으려고 부지런히 경제학 서적을 읽어둔 덕분에 경제공황에서도 재산을 지켜낼 수 있었다는 일화는 무척 인상적이다.

찰리 채플린은 지식인과 예술가들을 좋아했다. 그들과 친구가 되기 위해서라도 그는 늘 책을 가까이하지 않을 수 없었다. 배경도 학벌도 인맥도 없는 그가 당대의 유명인들과 악수하고 대화할 수 있으려면 자신의 수준을 높여놓는 것 외엔 다른 방법이 없었다. 어려서부터 고독했던 찰리 채플린에게 이것은 하나의 생존법이기도 했다.

위장의 주림보다 영혼의 주림을 더욱 못 견뎌 했던 그의 태도는 어머니로부터 물려받은 것으로 보인다. 당장 내일 아침 끼닛거리가 없어도 꽃을 사다 집 안을 장식하던 어머니, 배고픔을 잊게 할 만큼 재미있게 책을 읽어주던 어머니, 정신을 잃을 만큼 굶은 상태에서도 아들 앞에서 품위를 잃지 않으려고 애썼던 어머니, 그런 어머니의 모습이 그의 영혼을 기름지게 만들었을 것이다.

텔레비전을 비롯한 모든 매체가 싸늘한 경제 현실을 전할 때마다 나는 그녀를 떠올리곤 한다. 불기 없는 방 안과 음식 없는 식탁을 꽃으로 장식했던 채플린의 어머니를. 굶주림 속에서도 꽃향기에 즐거울 수 있는 사람이라면 어떤 시련도 견딜 수 있을 것이다. 암흑 속에서도 아름다움을 찾는 사람이라면 꿈을 펼쳐보기도 전에 눈을 감는 어리석은 일은 하지 않을 것이다. 나는 내가 채플린처럼 부와 명예를 거머쥐는 사람이 되리라고 기대하지는 않지만 단 한 사람에게라도 꿈을 심어준 사람이 될 수 있기를 희망한다. 어둠 속에서도 아름다움을 볼 수 있는 눈을 가진 사람을 이 세상에 한 사람이라도 더 살게 하고 싶다. 찰리 채플린이 그의 영화와 음악에 담아놓은 마음이 바로 그런 것이었으리라고 생각한다.

> 나는 그렇게도 오랜 시간을 함께했던 사람들 곁에 기꺼이 머물고, 그들의 행복을 묘사하려 노력하면서 그 행복을 공유하고 싶다. 나는 로즈 메일리가 젊은 여성답게 우아함으로 활짝 피어나, 자신의 한적한 삶에 부드럽고 상냥한 빛을 던져주며 그녀와 함께 그런 삶을 사는 모든 사람들을 밝게 비춰 그들의 마음속까지 환하게 하는 모습을 보여주고 싶다. 나는 화롯가에 모여앉은 사람들과, 활달하게 여름화합을 갖는 사람들의 생기와 기쁨을 그녀에게 그려주고 싶다. 나는 열기가 감도는 정오의 초원을 걷는 그녀의 뒤를 따르고, 달빛 어린 저녁 산책길에서 선행과 자선을 베푸는 모습을, 그리고 집 안에서 미소를 지으며 지치지 않고 가사를 돌보는 모습을 지켜보고 싶다. (중략)이런 것들과 함께 수천의 표정과 미소들, 생각과 말투의 변화들-나는 이 모든 것 하나하나를 다시 떠올리고 싶다.
>
> – 찰스 디킨스 《올리버 트위스트》 중에서

Isadora Duncan

& Friedrich Nietzsche

07

모든 것은 죽고
모든 것은 되살아난다

이사도라 덩컨,
니체의 《차라투스트라는 이렇게 말했다》를 읽다

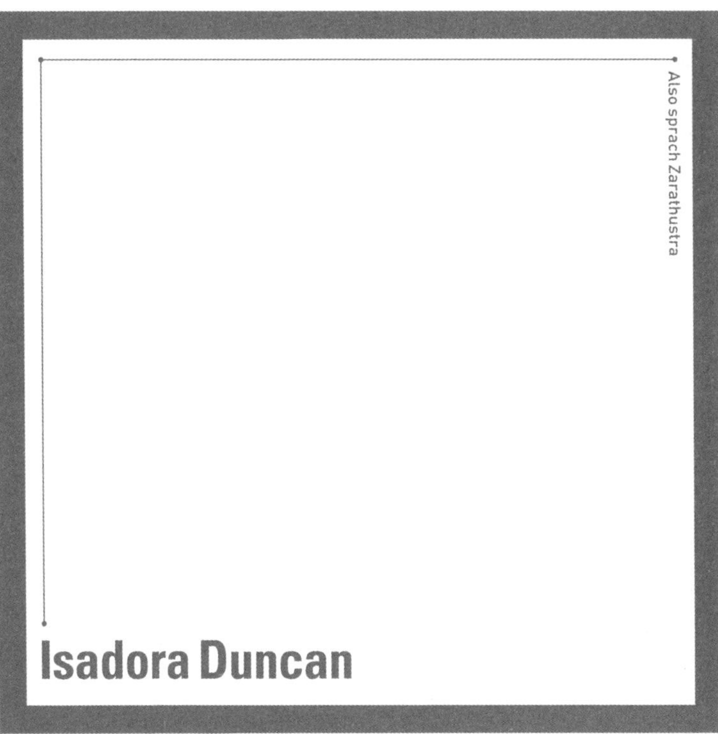

맨발로 무대에 선 배우나 가수가 비난받는 세상은 아니지만 아직도 '특이하다'고는 여겨져서 '맨발의 디바'라거나 '맨발의 정열'이라는 말이 특정 연예인의 수식어로 종종 쓰이곤 한다. 지금은 비난받을 일도, 비난할 일도 아니지만 불과 한 세기 전까지만 해도 '제대로' 의상을 갖춰 입지 않고, '맨발로' 무대에 선다는 것은 상상하기도 어려운 일이었다.

공연예술이 왕이나 귀족이 아닌 입장료를 내는 시민을 위한 것이 된 근대 이후에도 무대의 신성함에 대한 관념은 솜처럼 사라질 줄을 몰랐다. 맨발로 무대에 선다는 것이 그저 하나의 개성으로 받아들여지기까지 참으로 힘겨운 투쟁의 역사가 필요했던 것이 그 일례다. 관객들에게 주어진 권리와 자유에 비해 공연예술은 관행과 규칙의 틀에서 자유롭기가 어려웠다. 냉정하고 잔혹한 관객과 고정관념으로 뭉친 평단에 맞서 고군분투했던 예술가들과 그들의 예술이 불멸의 것으로 남은 이유가 여기에 있을 것이다.

특히나 공연예술은-기록매체가 발달하지 않은 시대에는-그 순간성과 즉시성 때문에 더욱 덧없는 것이 될 가능성이 높았으나, 그 덧없음을 뛰어넘어 신이 없는 시대의 신화를 창출한 예술가들의 영혼은 지금까지도 살아남아 사람들을 감동하게 만든다. 그들은 피를 흘리지는 않았지만 더욱 붉은빛을 새겨놓은 혁명가였다. 몸을 부드럽게 감싼 얇은 튜닉에 맨발로 춤을 춘 이사도라 덩컨(Isadora Duncan, 1878~1927)도 그런 혁명가였다.

몸을 옭죄는 의상과 발을 기형으로 만드는 발레 슈즈에 익숙해 있던 사람들에게 이사도라 덩컨의 무대는 하나의 도발이었다. 관객이라는 존재는 언제나 새로운 즐거움을 원하지만 동시에 낯선 것에 대한 불쾌감을 견딜 수 없어하기도 한다. 낯선 것의 불편함과 새로운 즐거움은 백지 한 장 차이이다. 그러나 대중으로 하여금 그 간극을 뛰어넘도록 하기 위해 한 예술가의 삶은 가시밭길을 지나 오욕의 구렁텅이에 빠져야만 했다.

철학하는 무용가

동시대의 사람들이 그녀에게 느낀 불쾌감은 그녀에 대해 전해오는 유명한 일화를 통해 짐작해볼 수 있다. 이사도라 덩컨이 스무 살 무렵, 버나드 쇼(George Bernard Shaw, 1856~1950)에게 이렇게 말했다고 한다. "만약 우리가 결혼하면, 나의 미모와 당신의 지성을 가진 아이가 태어나겠군요." 버나드 쇼가 대답하길 "나의 외모와 당신의 지성이면 어떻겠소?"

버나드 쇼는 워낙 독설가에 여성혐오가로 유명했던 인물이었다. 덩컨은 미모와 재능으로 유명해졌지만 동시에 그것을 깎아내리길 즐기는 사람들의 조롱으로 더욱 유명 인사가 됐다. 두 아이를 낳는 동안 누구의 아내도 아니었던 여자. 러시아 시인 예세닌과 결혼하기 위해서 모든 걸 버렸던 여인. 흥행이 보장된 공연 계약을 파기하고 비난이 쏟아질 것이 분명한 자신의 무대를 찾아 떠났던 무용가. 가난하고 재능 있는 어린이를 위한 무용학교를 위해서 재력 앞에 고개를 조아린 교육자. 덩컨의 일거수일투족은 당대의 상식에서 벗어나는 일이었다. 하지만 그녀가 춤과 재능보다 세간의 비난과 구설수로 더욱 유명했다 하더라도 머리 나쁜 미인이라는 말을 들을 이유는 없었다. 상대가 제 아무리 버나드 쇼라 하더라도 말이다. 오히려 버나드 쇼의 무례와 무지만 강조될 뿐이다.

어머니 뱃속에서부터 춤을 추었다는 덩컨은 자라면서 천재임을 인식했고, 정규교육을 무시하고 스스로가 자기 자신과 또래들에게 스승이 되었다. 자신의 무용 철학을 자신의 힘으로 세울 만큼 지적으로도 뛰어났다. 그녀가 공연 후에 대중 앞에서 했던 연설, 제자들에게 보낸 편지는 지금도 자기 자신과 시대를 뛰어넘고자 하는 예술가들의 피를 끓게 한다. 특히 제자들에게 보낸 간곡한 당부의 편지는 내 귓가에도 뜨겁게 울려온다.

> 유행하는 음악으로 춤을 추게 하는 사람들의 의견을 듣지 마라,
> 바흐와 모차르트, 그리고 슈베르트의 음악을 연구하라,
> 플라톤과 단테, 괴테와 실러, 셰익스피어와 니체의 책을 바이블로 여겨라.
> 우리를 이끄는 고전, 가장 위대한 음악, 이런 것들로 정신을 가다듬어라.
> 그렇게 하면 성공할 수 있다.

베토벤과 바그너의 음악으로 춤을 출 수 있다는 것을 덩컨 이전에 생각한 사람이 없었다. 니체의 철학이 근현대예술에 그토록 대단한 영향을 미치게 될 줄을 덩컨 이전에 알아챈 사람이 없었다. 현실이 고달플 때는 스토아 철학에 기대어 위안을 받았고, 사랑에 상처받고 세상의 냉담함에 좌절할 때에는 니체의 책을 통해 스스로를 극복하는 힘을 얻었던 이사도라 덩컨. 그녀는 철학자였고 혁명가였고 초인의 길을 꿈꾸는 모험가였다. 동시대의 사람들에게 미처 받아들여지지 못한 철학을 온몸으로 흡수한 예술가의 영혼과 그녀의 예술은 무지몽매

한 대중에겐 때로 우스꽝스럽고 불쾌한 것으로 여겨진다. 요즘 말로 그녀가 '너무 앞서갔기' 때문이다.

마침내 찾은 책, 니체의 《차라투스트라는 이렇게 말했다》

바닷가에서 태어나 자연과 대화하는 재능을 타고났고, 자연이 들려주는 이야기를 음악과 춤을 통해 표현하는 법을 스스로 익히고 가르친 천재 이사도라 덩컨. 정규교육을 거부한 그녀가 정신적인 훈련을 위해 택한 것은 당연히 독서였다. 무용가로서 몸의 훈련은 타고난 재능으로 스스로 할 수 있었지만 정신의 훈련은 책의 도움이 없이는 안 되는 것이었다. 이런 사실을 일찍이 깨달은 것 자체가 덩컨의 천재성을 입증하는 것인지도 모른다. 자신의 예술에 필요한 것이 무엇인지를 본능적으로 아는 것이야말로 예술가의 진정한 실력일 테니까.

평론가들과 전기작가들은 그녀가 현대적이고 철학적인 춤을 출 수 있었던 것은 언제나 고전에 둘러싸여 있었기 때문이라고 입을 모아 말한다. 오래 묵은 것으로부터 새로운 것을 밀어내는 힘. 그녀는 그 자연적인 힘을 믿었다는 것이다. 이사도라 덩컨의 무용 철학은 플라톤과 스토아 철학, 쇼펜하우어를 거쳐 니체(Friedrich Nietzsche, 1844~1900)에 다다르면서 완성됐다. 그녀가 일생 가장 사랑하게 되는 구절도 니체의 책《차라투스트라는 이렇게 말했다》에 들어 있었다.

> 춤을 추지 않는 사람은 인생을 알지 못한다.
>
> 단 한 번도 춤을 추지 않은 날은 잃어버린 날로 치자.
>
> 춤추지 않은 날은 우리에게서 사라져라.

이사도라 덩컨은 이 문장들을 좌우명 삼아 살았고, 생의 마지막까지 그것을 실천했다. 춤추는 삶은 그녀의 운명이기도 했지만, 그녀의 의지이기도 했다. 차라투스트라가 그렇게 말했던 것처럼 말이다. 나도 니체의 책을 재차 읽었지만 내 눈에는 이 춤에 관한 구절이 보이지도 않았다. 누군가에겐 스쳐 지나가는 문장이 다른 누군가에게는 천둥이 치듯 강렬하게 심장에 꽂히도록 만드는 독서의 신비. 책과 그것을 읽는 사람은 그렇게 서로를 알아보는 법일까.

'춤추지 않은 날은 잃어버린 날'이라는 니체의 말은 단 하루도 예술적인 창조 없이는 살지 못하는 예술가의 본능을 의미한다. 예술뿐만 아니라 사랑과 일상생활에서도 예술적인 창조성을 부여해야만 하는 것이다. 앞에서 소개한 버나드 쇼와의 결혼에 관한 농담은 이사도라 덩컨에게 걸맞지 않은 루머임이 분명하지만 실상 그녀에겐 이와 같은 종류의 짓궂은 농담과 질문들이 평생을 따라다녔다. 누군가 이사도라 덩컨의 연애사를 비꼬아 이렇게 물었다. "사랑의 고백도 당신에겐 예술인가 보죠?" 이사도라의 대답은 이랬다. "사랑만이 아니라 인생의 모든 부분이 예술로서 실행되어야 하죠. 왜냐하면 우리는 이미 원시 미개인이 아니며, 우리의 인생에 있어서의 모든 표현은 문화와 직관력, 본능을 예술로 변용시킴에 의해서 창조되어야 하기 때문입니다."

이 멋진 답변에도 불구하고 당시의 세상은 그녀의 말을 제대로 이해하지 못했던 것 같다. 어쩌면 지금도 마찬가지일지 모르겠다. 인생의 모든 부분이 예술로서 실행되어야 한다는 덩컨의 말을, 나는 덩컨이 니체의 글을 사랑하듯 가슴 깊이 사랑한다. 그녀가 자서전의 프롤로그에 써놓은 말도 사랑한다. 거기에 이런 구절이 있다. "내 영혼은 하늘 높이 날아오르며 그 어느 한 사람만의 영향을 거부한다." 이 두 개의 문장으로 나는 내 삼십대 중반의 삶을 구차함과 남루함으로부터 구원해낸다. 그리고 이제는 덩컨처럼 니체의 초인을 만날 차례인 것 같다. 차라투스트라는 이렇게 말했다. "모든 것은 가고 모든 것은 되돌아온다. 모든 것은 죽고 모든 것은 되살아난다."

그렇다. 우리가 삶을 사랑하는 것은
삶에 익숙해져서가 아니라
사랑에 익숙해졌기 때문이다.
사랑에는 언제나 약간의 망상이 들어 있다.
그러나 그 망상 속에도
언제나 약간의 이성이 들어 있다.

내가 신을 믿게 된다면
그 신은 다만 춤출 줄 아는 신이리라.

– 니체 《차라투스트라는 이렇게 말했다》 중에서

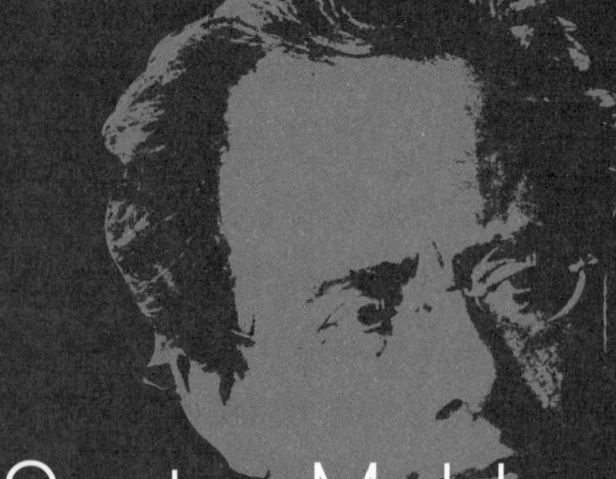

Gustav Mahler

& Miguel de Cervantes

08

돈키호테가 될 수 없어 슬펐던 사나이

구스타프 말러,
세르반테스의 《돈키호테》를 읽다

봄은 축제의 계절이다. 이곳저곳 관심 가는 축제를 체크하다 보면 달력에 빈자리가 남아나지 않는다. 꽃 축제를 비롯해서 영화 축제, 음악 축제, 각종 지역 축제들까지…. 봄의 축제 속에 뛰어들면 겨울의 무거움은 모두 사라지는 것일까. 어쩌면 그런 환각에 취하는 것으로 계절을 만끽한다고 여기며 발 밑의 어두운 그늘을 애써 외면하고 싶은 건지도 모르겠다.

봄이 되면, 축제의 요란함이 시작되면 생각나는 영상이 있다. 영화 〈베니스의 죽음〉에서 주인공인 음악가가 찬란한 봄 햇살 아래서 아이들과 함께 보내는 한때, 아이들의 웃음소리가 가득 울려 퍼지고 있지만 그 배경에는 말러의 우울한 음악이 흐르던 장면이다. 내겐 이 장면이 인생의 어떤 진실을 말하는 것만 같아서 봄이 되면 생각나고, 다시 말러의 음악을 가까이하게 만든다. 그의 음악과 그의 삶을 생각하면서 눈부시게 치장한 봄에 속지 않을 연습을 하는 것이다.

어느 봄날의 9번 교향곡

구스타프 말러(Gustav Mahler, 1860~1911). 그는 낭만파 교향곡의 마지막 작곡가이자 지휘자로 일세를 풍미했던 예술가다. 1908년, 69세 되던 해 봄에 그는 아홉 번째 교향곡을 완성한다. 그 어느 때보다 심혈을 기울인 작업이었던 만큼 해방감도 컸지만 두려움은 더욱 커졌다. 당시 그는 심장병을 심하게 앓고 있었고, 언제 죽을지 모른다는 위기감에 수십 년째 사로잡혀 있었다.

그가 막 완성한 이 교향곡이 아홉 번째 교향곡이라는 사실은 그의 공포를 극대화시켰다. 베토벤이 9번 교향곡을 완성하고 10번 교향곡을 스케치하다가 죽은 이후 작곡가들 사이에 '9번 교향곡의 저주'라는 말이 떠돌았는데 말러도 그 저주의 시간이 다가옴을 느낀 것이다. 그래서 말러는 이 아홉 번째 교향곡에 번호를 매기지 않고 〈대지의 노래, 테너 알토 및 관현악을 위한 교향곡〉이라는 제목만 붙여 출판한다. 이렇게라도 9번의 저주를 비껴가고자 했지만 말러는 자신이 염려한 대로 1911년 5월 18일, 화창한 봄을 뒤로 하고 세상을 떠나게 된다.

고대하던 아홉 번째 교향곡의 초연을 보지 못한 채 그토록 두려워하던 영원한 겨울 속으로 돌아간 것이다. 그런데 그는 왜 그렇게 죽음을 두려워했던 것일까? 짧지 않은 삶 동안 음악가로서 명성과 영예를 다 누렸건만. 무엇이 그토록 아쉬웠던 것일까?

낭만가가 절망할 때

말러는 공연장에서는 폭군이라 불렸지만 일상으로 돌아오면 평범한 남자였다. 아내와 아이들을 지극히 아꼈고, 고양이와 장난치기를 즐겼다. 조용한 숲에서의 여름휴가를 기다리고, 친구가 찾아오면 좋아하는 책의 인상적인 구절을 읽어주면서 호탕하게 웃을 줄도 아는 사람이었다. 열정과 카리스마, 사랑과 유머를 함께 지녔던 그를 염세적인 비관자로 만든 건 무엇이었을까. 사람들은 그 원인을 죽음에 대한 공포에서 찾곤 했다. 9번 교향곡 앞에서 스러진 선배 작곡가들의 죽음, 그를 두고 가버린 가족들의 죽음, 무엇보다 그토록 사랑했던 장녀 마리아의 죽음… 그 죽음의 공포에 잠식당한 탓이라고. 그러나 그것뿐일까.

그를 대신해 그의 아홉 번째 교향곡을 초연했던 지휘자 브루노 발터가 남긴 기록들을 살펴보면 그가 반평생을 시달린 두려움이 단순히 죽음 그 자체에 있지는 않다는 것을 짐작하게 된다. 자신이 이루지 못한 이상에 대한 좌절, 그것을 향해 돌진하지 못하는 자신에 대한 실망, 어쩌면 자신의 이상 역시 돈키호테의 허상 같은 것일지도 모른다는 비관, 이 모든 것이 세기말 마지막 로맨티스트 말러의 영혼을 봄의 문턱에서 겨울로 쫓아버린 건 아니었을지.

지휘자의 영광, 작곡가의 눈물

오늘날 구스타프 말러의 이름은 교향곡 작곡가로서 그리고 리트 작곡가로서 널리 알려져 있다. 하지만 생전에는 일세를 풍미한 가극장의 대지휘자로서 명성이 높았을 뿐, 작곡가로서는 인정받지 못했다. 당시 빈의 음악계는 브람스 파와 바그너 파로 팽팽하게 나뉘어 대립하고 있었다. 말러는 브람스 파인 스승에 의해 빈 음악계에 소개되었다. 그런데 지휘자로 활동하면서 말러는 바그너 음악에 혁신적인 공헌을 하게 되고 그런 이유 때문에 그는 음악계의 비난을 양쪽으로부터 받아야 했다.

1897년 봄, 말러는 음악계의 논란을 뒤로 하고 빈국립오페라극장의 감독에 올랐다. 서른일곱 살의 젊은 유대인이 이 자리를 차지하자 대중과 언론의 눈과 귀는 더욱 날카로워졌고, 이로 인해 빈국립오페라극장 또한 사상 유례 없는 황금기를 맞이한다. 스물한 살 때 첫 지휘봉을 잡은 뒤 17년 동안 여러 도시를 돌아다니며 지휘 활동을 해온 끝에 빈국립오페라극장의 예술감독 자리에 올랐으니, 지휘자로서는 정상에 깃발을 꽂은 것과 다름없었다.

하지만 말러의 얼굴엔 즐거워하는 기색조차 없었고 지휘자의 자리에 오르자마자 단원들을 혹독하게 몰아치기 시작했다. 작곡가보다 작품을 더 잘 안다고 확신하는 무자비한 완벽주의자, 타협과 양보란 있을 수도 없는 광적인 폭군으로 연주자들과 관객을 한꺼번에 휘어잡았다. 지휘자로서 최고의 자리에 오른 영광보다는 숨겨진 회환의 그늘이 더 짙었기에 그토록 가혹하게 열정을 쏟아부은 건지도 모른다. 구스타프의 원래 꿈은 지휘가 아니라 작곡이었던 것이다.

어린 시절부터 말러는 자신의 사명이 작곡에 있다고 생각했다고 한다. 빈음악원 재학 시절부터 작곡가를 지망했지만 스무 살 때 베토벤상을 노리고 출품했던 칸타타 〈비탄의 노래〉가 입상에 실패하자 실망해서 지휘로 눈을 돌린 것이었다. 그 후 생계를 위한 음악감독직과 창작에 대한 욕구 사이에서 끊임없이 갈등했던 그는 최고의 음악감독이 된 이후로는 마치 지나간 세월을 보상이라도 하려는 듯 모든 여가 시간을 오직 작곡에만 쏟아부었다. 그러나 세상은 끝끝내 작곡가 말러를 인정해주지 않았다. 지휘자로서는 행운아였지만 작곡가 말러로서는 지극히 불운했던 것이다. 남들은 모두 성공을 말했지만 그로서는 참담한 실패였던 셈이다.

돈키호테처럼 될 수 없어 슬펐던

누구와도 타협하지 않는 전제적 지휘자였던 구스타프 말러. 그의 이런 모습에는 가난한 유대인이라는 배경 때문에 작곡가로서의 꿈을 포기해야 했던 아픔이 묻어 있다. 그렇게 대단한 교향곡을 쓴 말러도 실은 무척이나 나약했던 것이다. 브루노 발터(Bruno Walter , 1876~1962)의 회고록에 이런 대목이 있다.

"그가 세르반테스(Miguel de Cervantes, 1547~1616)의 《돈키호테》를 읽고 너무나 즐거워져 가만있지 못하던 일이 기억납니다. 돈키호테가 풍차로 돌진하는 부분이 나오면 특히 그랬습니다. 그는 주인과 하인의 행동에 대해 참지 못하고 웃어댔지만 그를 감동시킨 것은 이상주의와 순수성이었습니다. 이 작품은 재미도 있지만 읽을 때마다 항상 깊은 감동을 받는다고 말했습니다."

《돈키호테》는 15세기 전반에 유행하던 기사도 소설의 시대착오적 세계를 풍자하기 위한 소설이었다. 돈키호테는 기사에 대한 소설을 너무 많이 읽은 나머지 점차 환상 속에 빠져 스스로 소설에 나오는 기사가 되어 세상의 악을 처단하기 위해 모험을 떠나는 인물이다. 그를 보필하는 산초 판사는 그런 주인과는 달리 현실적이고 물질적인 가치를 중시하는 인물이지만 돈키호테와 함께 모험을 다니는 동안 어느새 그의 이상에 동화되어간다. 사람들은 광기와 환상에 휩싸인 돈키호테와 산초 판사를 비웃고 그들을 치료하려고 애쓰지만 그런 그들조차 정상으로 보이지는 않는다.

말러는 평소에도 책을 많이 읽었지만 특히 세르반테스의 《돈키호테》는 평생의 친구였다고 한다. 그는 읽은 대로 세상을 살고자 하는 돈키호테의 이상주의와 순수성에 감동했다. 자신이 지닌 이상을 향해 순수한 마음으로 돌진하는 돈키호테의 눈에는 시골의 이름 없는 아낙도 아름다운 공주로 보였고, 풍차는 변신한 적으로 보였으며, 포도주 자루는 물리쳐야 할 거인으로, 놋대야는 투구로 보였다. 뚜렷한 이상을 지닌 이의 눈에 비친 세상은 그렇지 못한 이가 보는 세상과는 다르기 마련이다.

말러가 본 세상은 어떤 세상이었을까. 가슴엔 누구보다 높은 이상을 지녔지만 평범한 눈을 지녀서 돈키호테처럼 돌진할 수는 없었던, 현실의 세상이 너무도 소중해서 돈키호테처럼 완전히 미칠 수는 없었던, 그래서 풍차를 적으로 삼을 수도 놋대야를 투구로 볼 수도 없었던, 그래서 아쉬워할 수밖에 없었던 한 예술가. 그의 음악이 이 봄날, 가슴을 시리게 만든다. 찬란하게 부서지는 햇살 아래서 말러의 음악을 들으며 돈키호테만큼 완벽하게 미치지 못해 슬픈 이상주의자들의 추운 봄날을 생각해본다.

이때 평원에 풍차 삼사십 개가 나타나자, 그걸 본 돈키호테가 하인에게 말했다.

"우리가 기대한 것보다 어쩌면 더욱 멋진 행운이 이제 우리 눈앞에서 벌어지나 보네. 친구, 싼초 판사여! 저기 저게 보이는가? 저기 서른 명이 넘는 어마어마하게 큰 거인들이 나타난 거 말일세. 내 당장 저놈들과 싸움을 벌여 닥치는 대로 목숨을 빼앗아버릴 작정이네. 그 전리품으로 우리는 곧 부자가 될 거야. 이거야말로 정의의 싸움이며 이 땅에서 저런 악독한 죄의 씨앗을 없애버리는 게 하느님에게 봉사하는 일일세."

– 세르반테스 《돈키호테》 중에서

Auguste Rodin

& Dante Alighieri

09

사랑은 영원한 미완성

로댕,
단테의 《신곡》을 읽다

Auguste Rodin

천재들의 재능은 대개 어린 시절부터 드러나기 마련이지만 그 '어린 시절'이라는 모호한 시기는 사람에 따라 다른 것 같다. 서너 살에 피아노 앞에 앉아서 작곡을 시작하는 신동도 있지만 성인이 될 때까지 두각을 드러내지 못하는 천재도 있다. 천재 조각가로 불리는 로댕(Auguste Rodin, 1840~1917)은 후자에 속하는 인물이다. 한창 지식을 습득해야 할 십대의 나이에 읽고 쓰는 일조차 힘에 부쳐했던 그는 모든 교과목에서 부진한 성적을 냈고 특별한 재능도 없어 보였다. 어느 날 그는 우연히 미켈란젤로의 판화집에 사로잡힌 후, 미술을 공부하겠다고 결심한다. 하지만 권위 있는 미술학교에는 번번이 낙방한다. 무작정 데생을 연습하면서 자신의 미래를 그려보았지만, 길은 보이지 않았다.

그 막막한 터널에서 빛을 찾은 건 스물두 살 무렵이다. 그 빛은 다름 아닌 도서관과 친구들이었다. 열등생 로댕이 천재의 삶을 시작한 건, 바로 이때부터다. 신동이 난무하는 서양의 예술사를 생각해보면 스물두 살의 출발은 매우 늦은 것이라고 할 수도 있겠지만 동양에서 말하는 입지立志와 이립而立의 시기가 20~30대임을 생각한다면 그리 늦은 것은 아닐지도 모르겠다. 어쩌면 일반적인 인생의 진도들을 따르지 않는 것이야말로 예술가적 삶의 특성인지도 모른다.

엄격한 기숙학교의 훈육으로도 익히지 못한 문자를 스물두 살의 청년은 도서관에서 홀로 터득했다. 그 힘은 열등감으로부터 왔다. 미술가 친구들을 사귀면서 자신의 무지를 깨달은 것이다. 젊음으로 빛나지만 아직 자신의 인생을 향해 걸음을 떼지 못한 청춘에게 가장 필요한 에너지는, 어쩌면 지독한 열등감인지도 모를 일이다.

암울함 속의 광명

예술적 기교를 익히는 것보다 중요한 것이 지적 공백을 메우는 것임을 깨달은 로댕은 우선 친구들이 얘기하는 책을 하나하나 독파해나간다. 호머, 베르길리우스 같은 작가들의 고전부터 위고와 라마르틴, 쥘 미슐레 같은 작가들의 책을 읽었다. 그는 독서에 빠져 지낸 이 시절을 '문학의 암울한 매력에 빠졌던 시절'이었다고 회고했다. 그가 말하는

'암울한 매력'이란 이미 영원해져버린 것들의 위대함일 거라고 짐작해본다. 오랜 세월의 검증과 너무도 명확한 천재성으로 확고하게 위대해져 그 벽을 도저히 넘을 수도 뚫을 수도 없을 것만 같은 암울함 말이다.

그 암울한 매력 속에서 환희와 절망의 롤러코스터를 타던 로댕은 우연히 조소실 문을 열고 들어갔다가 이리저리 널려 있는 점토덩이들을 보고 황홀감에 빠진다. 그 순간 도서관에서 보았던 고대의 작품들이 뇌리를 스쳤고 즉시 그 작품들을 모사하면서 희열을 느꼈다. 마치 오래전부터 그래왔던 것처럼 능숙하게 형상이 만들어지자 로댕은 고대의 유명 작품들로부터 새로운 시대의 예술을 제시해야 하는 숙제를 부여받은 자신의 운명을 직감했다.

주머니 속의 단테

스물두 살에 자신의 운명을 찾은 남자 로댕. 그러나 때를 맞춘 듯 아버지가 은퇴해 그는 가족의 생계를 위해 돈벌이에 나서야만 했다. 당시는 도시가 팽창하면서 공공건물과 교차로, 정원들에 조각의 수요가 늘어나 일감은 언제나 넘쳤다. 하지만 역작에 쏟아야 할 노력과 시간이 생계를 위한 노동에 쓰인다는 사실은 참으로 아쉬운 부분이었다. 틈틈이 작품을 만들어 살롱전에 출품을 해보았지만 돌아오는 것은 무관심과 비판뿐이었다.

그런 나날은 오래 계속됐나. 로댕은 어떻게 그런 날들을 견딜 수 있었을까. 한때 로댕의 비서로 일했던 릴케가 해답을 일러주고 있다. 그에 따르면 조각가 로댕의 주머니는 항상 불룩했는데, 그의 주머니를 불룩하게 만든 건 연장이 아니라 책이었다고 한다. 릴케가 로댕의 비서로 있던 시절(1905-1906), 로댕이 가장 즐겨 읽은 책은 단테의《신곡》이었다.《신곡》은 13세기의 이탈리아 시인 단테가 지옥과 연옥, 천국을 여행한 이야기를 담은 책이다. 단테는 책에서 스승 베르길리우스의 안내로 지옥과 연옥을 둘러본다. 베르길리우스는 고대 로마의 시인이다.

1,200년 전의 시인을 길잡이 삼아 지옥과 연옥을 여행한 단테, 그런 단테(단테는 700년 전의 시인)의 책을 텍스트 삼아 작품을 만든 로댕. 이들의 공통점은 자기 예술의 근원을 찾고자 하는 갈망에 있었다. 단테가 자신의 작품에서 베르길리우스를 스승으로 부르고 있는 까닭은 베르길리우스야말로 인간 자신이 노래의 주체가 된 최초의 작가라고 생각했기 때문일 것이다. 하나님의 말씀을 기록한 성서와 신의 노래를 받아쓰는 방식을 취하는 호머의 시대를 지나 베르길리우스에 이르면 인간이 자신의 목소리로 스스로의 노래를 직접 부르기 시작한다. 그 선구적인 발자국이 없었다면 단테 역시 스스로 지옥, 연옥, 천국을 여행하는 이야기를 쓸 엄두조차 내지 못했을 것이다.

단테의《신곡》은 신이 들려주는 것도 아니고 전설로 전해오는 이야기를 전해주는 것도 아닌, 자신이 직접 체험하는 형태로 쓴 최초의 사후세계 여행기다. 지옥과 연옥은 스승 베르길리우스의 안내를 받지만 연옥의 끝에 이르면 베르길리우스는 사라진다. 그를 천국으로 인

단테의 《신곡》 지옥편 삽화 윌리엄 브레이크 | 수채화 | 37×52.5cm | 1824~1827년

도하는 것은 베아트리체다. 단테는 자신을 천국으로 인도하는 구원의 손길을 신이나 스승이 아닌 자신이 사랑했던 베아트리체에게서 구하고 있다. 종교의 계율이나 신의 계시가 아니고 자신의 영혼 속에 깊이 각인된 숭고한 사랑만이 인간을 천국으로 인도한다는 이 이야기는 21세기를 살고 있는 나에게도 황홀감을 안겨주었다.

로댕은 문학의 안내를 받아 그 영원한 세계를 여행했다. 그러고는 주변의 평범한 이웃들을 모델로 조각품을 만들면서 영원한 세계로부터 자신만의 천국으로 가는 지도를 만들어간다. 로댕은 인간의 형상을, 그것도 누드로 조각하길 좋아했다. 그가 만든 형상에서는 뼈의 단단함과 그것을 감싸고 있는 근육이 뿜어내는 에너지가 생생하고 살갗 밑으로 흐르는 피의 온기가 느껴진다. 피부 아래에서 펼쳐지는 핏줄과 근육과 뼈의 향연, 그것이 뿜어내는 아우라를 어떤 말이 표현해줄 수 있을까. 조각품의 표피를 뚫고 나오는 내면의 진실은 보는 이의 내면과 반응하여 저마다 다른 감동을 자아낸다.

차가운 청동과 거친 대리석에 그렇게 미묘한 인간의 면면을 담을 수 있다는 것은 '기적'에 다름 아니다. 로댕의 주머니 속 책들은 그런 기적을 만들어낸 영감의 원천이었다. 로댕의 영혼과 예술을 이끌어 오늘의 우리에게 기적의 감동을 선사해준 것은 바로 책이었다고 해도 과언이 아닐 것이다.

로댕의 〈지옥의 문〉은 단테의 《신곡》에서 받은 영감의 산물이다. 파리시가 파리장식미술관을 위해 주문했던 〈지옥의 문〉은 로댕에게 의뢰한 지 25년이 지나는 동안에도 대가의 머릿속에서 '아직도 설계

지옥의 문 오귀스트 로댕 | 조각 | 100×396×775cm | 1880~1888년

중'이었다. 이미 파리시는 '마감'을 절대로 지키지 않는 이 괴팍한 조각가를 포기한 지 오래였다. 하지만 로댕은 결코 포기하지 않았다. 포기를 모르는 집념보다 약한 것이 인간의 육체였을까. 35년에 걸친 지난한 작업이 이어졌지만 로댕은 〈지옥의 문〉을 완성하지 못한 채 생을 마감하고 만다. 결국 〈지옥의 문〉은 그가 세상을 떠난 뒤 1926년에야 미완성인 채로 주조가 이뤄졌다.

〈지옥의 문〉은 미완성이라는 사실마저도 작품의 일부인 듯 느껴진다. 영원한 고통으로 가는, 모든 희망을 버려야 하는 문. 그런 문이라면 완성되지 않는 것이 낫지 않을까. 사실 우리 모두는 그 앞에 서 있거나 그 안에서 살고 있다. 우리가 저마다의 베아트리체를 만나 천국으로 가려면 그 문을 스스로 열거나 넘어서거나 뚫고 가야만 한다. 이 작품은 우리에게 또 하나의 희망을 안겨준다. 어느 시대인가는 또다시 로댕 같은 천재가 나타나서 이 미완성의 문을 넘어설, 뚫고 나아갈 새로운 문을 창조하게 되리라는 것이다.

> 여기 들어오는 너희는 온갖 희망을 버릴지어다.
> 어두운 빛깔로 적힌 이 말들을
> 어느 문의 꼭대기에서 보았을 때 나는 말했다.
> "스승이여, 저 뜻이 내겐 무섭습니다."
> 그는 알아차린 사람처럼 내게 말하길,
> "여기선 온갖 의심을 버려야 하고
> 온갖 주저함은 죽어 마땅하다.

너에게 일러주었던 곳에 우리가 왔구나.
너는 지성의 선을 잃어버린 고통스런 무리들을 보게 될 것이다.
그러고 나서 반가운 낯으로 내 손 위에
그의 손을 얹어놓기에 안도감을 얻어
비밀스런 것들 속으로 들어갔다.
여기 한숨과 울부짖음과 드높은 통곡이
별 없는 하늘에 울려 퍼지기에 나는 눈물을 흘리기 시작했다.
각자 다른 언어와 무시무시한 이야기,
고통스러운 소리와 성내어 지르는 소리,
높은 소리, 목쉰 소리, 손바닥 치는 소리들이
대혼란을 이루어 밤낮 구별 없이
먹칠한 하늘에 떠 있는 것이
마치 회오리바람 불 때의 모래알 같았다.

– 단테 《신곡》 중에서

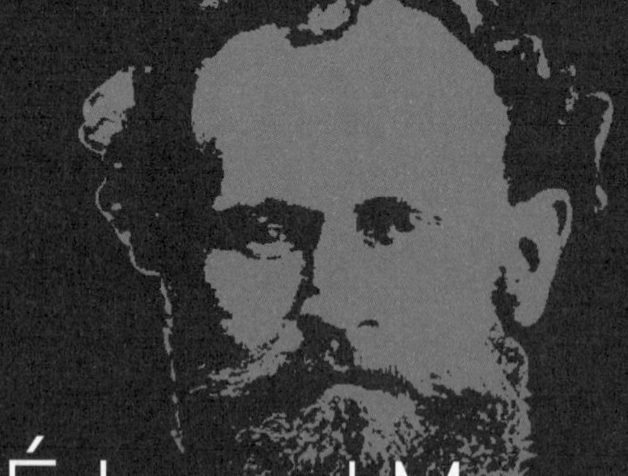

Édouard Manet

& Jean-Jacques Rousseau

10

고백의 힘

에두아르 마네,
루소의 《고백록》을 읽다

누군가는 그에게 이 책을 권해주었어야 했다. 세상에서 비난받고, 마음 편하게 머물 곳도 없이, 친구들에게서도 외면당한 루소(Jean-Jacques Rousseau, 1717~1778)가 자신이 살아온 50년의 삶을 돌아보며 써 내려간 《고백록》을. 그랬다면 이 책의 작자가 겪었을 고통과 그 고통의 한가운데서 써 내려간 글 속에서 조금은 위안을 얻고, 위기를 헤쳐나갈 약간의 용기와 영감을 얻을 수 있지 않았을까.

뒤늦은 회한 속에서 그의 죽음을 막지 못한 우리 모두를 원망해본다. 그러나 이제와 무슨 소용이랴. 더구나 그는 "책을 읽을 수도, 글을 쓸 수도 없다"고 했다. 책을 읽고 글을 쓸 조용한 시간과 공간을 빼앗겨버린 그의 마지막 나날들이 얼마나 절망으로 가득했을지 감히 짐작조차 할 수 없다. 할 수 있는 것은 침묵 속에 고인의 명복을 비는 것뿐. 그가 버린 이 세상의 맨 얼굴을 보고 있자니 민망한 마음을 추스르기조차 힘에 겹다.

화가 마네, 친구에게 《고백록》을 권하다

1875년 파리. 시인 말라르메(Stéphane Mallarmé, 1842~1898)가 루소의 《고백록》을 읽는다. 화가 마네가 읽어보라고 권한 책이다. 말라르메는 이 책을 읽고 마네에게 편지를 보내 '선생이 지적한 대로 아주 좋은 책입니다'라고 했다. 말라르메는 이 책을 읽으면서 마네의 입장을 이해하게 됐고 이후 마네의 지지자가 된다. 누군가의 입장을 진정으로 이해하고 열렬한 지지자가 되어주는 것. 이는 비단 예술가에게만 필요한 건 아닐 것이다.

사회의 구성원으로서, 한 가정의 가장으로서, 어느 조직의 일원으로서, 심지어 그저 자연인인 한 인간으로서도 우리는 저마다 자신의 지지자를 필요로 한다. 배우자가, 연인이, 동료나 친구, 자녀 혹은 부모가 그런 역할을 해주고, 또 그런 역할의 당사자로서 우리 자신이 존재함을 알고 있다. 그런데 종종 그 역할의 균형이 깨어질 때가 있다. 그런 상태로 세월이 흐르다 보면 무감각해지고, 그러다 보면 아차 하는 사이 소중한 사람을 놓치고 만 자신을 발견하곤 뒤늦은 후회에 잠

스테판 말라르메의 초상 에두아르 마네 | 캔버스에 유채 | 27×36cm | 1876년

기는 것이다.

화가로서 19세기 후반의 파리를 살았던 에두아르 마네(Édouard Manet, 1832~1883) 역시 참으로 위태로운 처지였다. 마네의 작품은 언제나 비판적인 열광을 몰고 다녔다. 발표하는 작품마다 센세이션을 일으켰지만 평단에서나 대중에게나 그리 호감을 얻지는 못했다. 유명한 화가이긴 했지만 인기 있는 화가는 아니었다. 그의 재능은 늘 의심받았고, 그림은 팔리지 않았다.

하지만 그에겐 든든한 친구들이 있었다. 특히나 작가의 지원은 그의 삶과 예술을 지탱하는 데 큰 힘이 됐다. 보들레르, 졸라 그리고 말라르메가 마네의 든든한 지지자였다. 이후 폴 발레리, 앙드레 말로, 조르주 바타유가 선배 작가들의 뒤를 이어 마네의 예술을 칭송했다.

자신의 가치를 믿으라며 용기를 북돋워줬던 보들레르, 세상을 향해 장차 거장으로서의 마네의 가치를 장담한 졸라가 있었다. 보들레르가 세상을 떠나고 졸라가 시끄러운 일에 휘말리자 그 자리를 메꿔준 이가 말라르메다. 말라르메는 마네보다 열 살이 적었지만 친구로서 진정한 우정을 나누기에 모자람이 없었다. 그런 친구에게 마네는 루소의《고백록》을 권한 것이다. 아마도 그것은 자기 자신에 대한 고백이기도 할 것이다.

기억하라, 고백의 시간이 올 것이다

마네가 말라르메에게 권한 책《고백록》. 아마도 마네에게 이 책은 자

에밀 졸라의 초상 에두아르 마네 | 캔버스에 유채 | 146×114cm | 1868년

신의 심경을 대변하는 것과 같은 의미였는지도 모르겠다. 당대엔 이해받지 못한 것이 언젠가는 이해받을 수 있을 거라는 믿음을 그는 이 책에서 발견하고 스스로 위로받았던 것이다. 그 위로를 마네는 친구 말라르메와 나누고 싶었던 건 아니었을까.

루소가 자신의 기억과 지니고 있던 편지들을 토대로 써 내려간 그의 기나긴 삶의 행적을 들여다보고 있노라면 한숨이 나온다. 때론 너무도 솔직해서 얼굴이 뜨거워지고, 때론 이런 것까지 세세히 변명해야만 했나 싶어 딱한 생각이 들 만큼 구구절절하다. 자기감정의 묘사에서는 그 표현력보다도 그의 기억력이 더욱 놀라웠다. 그렇게 미묘한 감정의 변화까지 기억한다는 것이 신기했다. 자기회고가 아니라 소설을 쓰고 있는 게 아닌가 싶을 정도다.

후반부로 들어서면 루소라는 사람은 몸과 마음이 참 많이 아픈 사람이었다는 것이 느껴진다. 자신에 대한 예리한 분석, 내밀한 경험에 대한 거침없는 고백, 우정과 사랑 속에 생겨난 애증으로 인해 힘겨워했던 날들에 대한 성실한 보고들은 한 사람의 내면에 나약함과 강인함이 동시에 자리할 수 있다는 것을 새삼스럽게 일깨워준다. 천재성과 신경증은 나란한 이웃이라는 것도.

이 책이 출간된 이후 세간에서는 내용의 진실성에 대해, 혹은 기억력의 한계에 따른 오류에 대해 논란이 많았다고 한다. 기억이라는 것이 완전한 것이 아니고, 진실이라는 것도 고정불변의 것이 아니기에 그의 《고백록》이 완벽한 사실만을 다루고 있다고는 할 수 없겠지만, 적어도 루소 자신의 양심을 걸고 떳떳지 못한 부분은 없다는 것은 믿을 수 있을 듯하다. 마네는 루소의 기억력에 감탄했다. 인간과 사물과 관계에 대한 세밀한 관찰과 사색, 그리고 그것을 기억하는 동안 발효되어 나온 통찰력이 그로 하여금《사회계약론》,《에밀》,《신 엘로이즈》같은 탁월한 저작들을 쓸 수 있게 한 것이다.

마네는 후배들에게 늘 이렇게 충고했다.

"기억을 풍부히 하게. 자연이 주는 것은 정보밖에 없다네. 기억을 놓치는 순간 진부한 자연으로 떨어지네. 항상 주인으로 서서 그리고 싶은 것을 그리게."

모든 예술가들이 그랬다. 최선을 다해 기억하고 열정적으로 고백하는 것, 그것이 그들이 매진해온 일이었다. 마치 그것만이 유일한 구원의 길이라는 듯이 말한다. 고백의 방식은 다양하다. 그림이든 글이든 다른 무엇이든. 예술가가 아닌 사람에게도 각자 자신만의 방식이 있을 것이다.

고백의 시간

인간에겐 누구나 고백의 시간이 필요하다. 타인을 위해서가 아니라 오직 자기 자신을 위해서. 자신이 걸어온 길을 스스로에게 인정받기 위해서는 자신의 모든 것을 남김없이 털어놓는 고해성사의 시간이 있어야 한다. 고해성사는 신이 아닌 자신을 위한 것이다. 신 앞에 거짓 없이 서는 것이야말로 구원을 청하는 자의 기본이며 자신의 인생 앞에 거짓 없이 설 수 있는 진실함만이 스스로의 인생을 구원할 수 있을 것이다. 고백과 참회의 시간은 언제 찾아오는 것일까. 그런 시간은 따로 정해져 있는 것이 아니다. 《고백록》를 쓰기 시작할 때의 루소처럼 삶이 허무할 때, 앞이 막막할 때, 몸과 마음이 아프고 피로할 때, 친구가 없을 때… 바로 그런 때가 아닐까? 우리는 자신이 걸어온 길과 다시 대화를 시작해야 한다. 마네 역시 그런 위기에 처할 때마다 책을 들었던 것 같다. 루소처럼 글을 썼어도 좋았겠으나 그는 그림을 그려야 했고 그림으로 더 많은 말을 할 수 있었다. 더구나 그에게는 작가 친구들이 있었다. 세상이 그의 그림을 읽지 못하면 작가 친구들이 대신 말해주었다.

언젠가는 받아들여질 것이다

작품은 그 작자의 삶을 둘러싼 모든 것의 결정체다. 하지만 그것을 이해하기 위해서 대중들이 작가의 모든 것을 일일이 다 알아야 할 필요는 없다. 그럴 수도 없다. 그저 그 위대함을, 그 아름다움을 받아들이기만 하면 되는 것이다. 작품은 누군가의 판단을 위해서 존재하지 않는다. 받아들여져 흡수되거나 그렇지 않으면 거기 그냥 놓여 있을 뿐이다. 누군가 그 가치를 알아낼 때까지. 삶도 마찬가지다. 예술이든, 사상이든, 그 무엇이든 한 인간의 위대하고 중요한 행적은 언젠가는 세상 모두에게 받아들여질 날이 온다. 그리고 그땐 미처 몰랐던 사람들이 뒤늦게 고백할 것이다. 드가가 마네의 영결식에서 이렇게 고백했듯이. "그는 우리가 아는 것보다 훨씬 위대한 사람이었다."

최후 심판의 나팔이 언제 울려도 좋다. 나는 이 책을 손에 들고 지고하신 심판관 앞에 나아가 큰 소리로 외칠 것이다.

"이것이 바로 제가 행했던 것이고 제가 생각했던 것이며 지나온 날의 저입니다. 저는 선과 악을 똑같이 솔직하게 말했습니다. 나쁜 짓이라 해서 무엇 하나 숨기지 않았고 좋은 것이라고 해서 무엇 하나 덧붙이지 않았습니다. 어쩌다 사소하게 수식을 가했더라도 그것은 오로지 내 기억력의 부족으로 인해 야기된 공백을 채우기 위한 것에 지나지 않았습니다. 나는 내가 알기로 진실일 수도 있었던 것을 진실이라고 여길 수는 있었겠지만, 결코 내가 알기로 거짓인 것을 진실이라고 여길 수는 없었습니다. 제가 비열하고 비천했을 때는 비천하게 제가 선량하고 관대하고 고상했을 때는 선량하고 관대하고 고상하게, 과거 제 모습 그대로 저를 보여주었습니다. 저는 저의 내면을 바로 당신께서 보셨던 그대로 드러내 보였습니다. 영원한 존재이신 신이시여, 저의 주변에 저와 동류인 인간들을 수없이 모아주소서. 그들이 각자 차례대로 당신 옥좌의 발치에서 똑같이 진실하게 자기 마음을 털어놓게 하소서. 그러고 나서 단 한 사람이라도 '나는 그 사람보다 더 선량했습니다' 라고 감히 말할 수 있다면 당신께 말하게 하소서."

– 장자크 루소 《고백록》 중에서

Louis Hector Berlioz

& Johann Wolfgang von Goethe

11

음표로 쓴 독서 감상문

베를리오즈,
괴테의 《젊은 베르테르의 슬픔》을 읽다

Die Leiden des jungen Werthers
Louis Hector Berlioz

그의 음악은 공연장에서 흔하게 연주되지도 않고 방송에서도 자주 들려주지 않는다. 그러나 음악사에서 빠트릴 수 없는 이름이 베를리오즈다. 그는 베토벤의 후계를 자처한 작곡가로, 낭만주의의 포문을 연 선구적인 음악가였다. 성격은 괴팍했지만 진심을 나눈 친구들이 있었고, 피아노를 칠 줄은 몰랐지만 악보를 보는 눈은 누구보다 매서웠다. 그리고 무엇보다, 열렬한 독서가였다. 문학을 사랑했고 악보 그리기보다 글쓰기를 더 잘했던 루이 엑토르 베를리오즈(Louis Hector Berlioz, 1803~1869). 문학에서 받은 영감을 자신의 음악에 담아내어 음표로 이

루어진 독서 감상문을 만들어낸 사람. 그는 음악과 문학 그리고 인생이 하나로 수렴될 수 있다는 것을 보여준 예술가다.

베를리오즈, 괴테 문학에 심취하다

베를리오즈는 의대 진학을 위해 파리에 갔지만 얼마 지나지 않아 의학을 포기하고 문학과 음악에 빠져든다. 의대의 해부 실습을 견뎌내지 못했던 것이다. 의사였던 아버지는 자신의 뒤를 잇길 바랐던 아들이 의대를 떠나자 실망한 나머지 송금을 끊었다. 빈털터리가 되었지만 베를리오즈는 집으로 돌아가지 않고 파리에 남았다. 주린 배를 움켜쥔 채 센 강변을 거닐며 토머스 모어의 시구를 되뇌던 베를리오즈. 그는 이제 어쩌려는 것일까. 베를리오즈는 음악가가 되려 한다. 하지만 가난하고 피아노도 못 치는 나이 먹은 음악가 지망생에게 당시의 파리가 줄 수 있는 것은 아무것도 없었다. 배고프고 의지할 데 없는 예술가가 자신의 처지에 대한 비관과 예술에 대한 열정 사이에서 조울증과 신경쇠약에 시달리게 되는 건 당연한 수순이었다.

특히 여배우 해리엇 스미드슨을 알게 되면서 그의 신경증은 극도에 달하는데, 받아들여지지 않는 짝사랑의 열병이 그를 미치게 만든 것이다. 그 광증의 결과는 실로 놀라웠다. 다가갈 수 없는 대상에 대한 열정은 그로 하여금 〈어느 예술가의 생활 에피소드에 의한, 5부로 이루어진 대환상곡〉(주로 '환상교향곡'이라 불림)이라는 대곡을 써내게 만들었다. 이어 칸타타를 작곡하여 로마대상까지 거머쥐었다. 시쳇말로 본

때를 보여준 것이다. 파리국립음악원이 매년 작품 심사를 통해 우수 학생을 로마에 유학시켜주는 로마대상은 파리국립음악원에 적을 둔 음악학도라면 누구나 꿈꾸는 것이었다. 무명의 음악가가 유명 여배우에게 거절당한 자존심을 회복하기 위해 쓴 것이라고만 배경 설명을 하기엔 작품의 위상이나 작곡가의 재능을 생각할 때 너무도 걸맞지 않은 것 같다. 하지만 예술가의 위대한 재능은 일견 사소하고 평범해 보이는 성장통 속에서 불쑥 솟아나기도 한다. 누구나 겪는 첫사랑의 아픔을 통해 재능에 불을 밝힌 예술가. 무명 예술가의 가슴속에 자리한 날카로운 자존심은 거기에 기름을 들이부었다. 베를리오즈는 스스로를 베르테르라 여겼다. 괴테(Johann Wolfgang von Goethe, 1749~1832)의 소설《젊은 베르테르의 슬픔》의 그 베르테르 말이다.

베르테르를 만나고, 헤어지고

1774년, 괴테가 소설《젊은 베르테르의 슬픔》을 출간한 이후, 많은 작곡가들이 그 슬픈 사랑 이야기에 영감을 얻어 작품을 남겼다. 문학을 사랑한 베를리오즈도 괴테 문학의 영향 아래 있었다.《파우스트》를 읽은 후로는 괴테에 완전히 빠져들었다. 베르테르의 병적인 열정에 파우스트 박사의 파멸적인 절망이 더해진 젊은 베를리오즈는 자신을 활활 태우며 악보를 그려나갔다. 베르테르의 슬픔을 온몸으로 공감하면서 사랑을 향한 간절한 열망을 복수와 파멸에 대한 상상으로 확대시키며 써 내려간 것이 베를리오즈의 초기작이자 대표작인 〈환상교향곡〉이다. 이 곡에는 베를리오즈 그 자신과 베르테르와 파우스트 박사의 이야기가 담겨 있다. 젊은 예술가가 사랑의 고통에 절망해 자살을 시도하지만 실패로 끝나고 하룻밤의 괴이한 꿈속에서 사랑하는 여인을 본다는 내용이다. 원래는 자신을 고통에 빠지게 한 여인을 마녀로 만들어 복수하는 내용으로 마무리할 계획이었지만 작품을 쓰는 도중 마음을 바꾸었다고 한다.

베를리오즈는 파리음악원의 교수들에게 인정받는 학생은 아니었다. 지금도 그렇지만 주류에서 벗어나고자 하는 학생의 시도는 받아들여지기가 쉽지 않았다. 어쩌면 유명 여배우 해리엇 스미드슨의 마음을 얻는 것보다 더 어려운 일이었을 것이다. 베를리오즈는 작심하고 〈환상교향곡〉을 성공시켜 명성을 얻는다. 불굴의 도전 끝에 칸타타 〈사르다나팔루스의 죽음〉으로 로마대상에 선정돼 로마 유학도 떠나게 됐다. 하지만 그렇다고 '베르테르의 슬픔'이 완전히 극복된 것은 아니었다. 오히려 이 일은 잠시 잦아들었던 베르테르의 슬픈 영혼을 다시 일깨우는 계기가 되고 만다.

로마로 떠날 당시 그는 여배우 헤리엇 스미드슨에 대한 열병을 가라앉히고 피아니스트 카뮤 모크와 약혼한 처지였다. 그런데 로마에 도착한 후 약혼녀와 소식이 끊겨버린다. 얼마 후 그녀가 이미 다른 남자와 결혼식을 올렸다는 사실을 알게 된다. 베를리오즈는 복수심에 불타는 베르테르가 되어 권총 두 자루와 신경흥분제를 몸에 지닌 채 파리를 향해 달렸다. 약혼녀와 그 어머니를 죽이고 자신도 죽을 작정이었던 것이다. 그런데 이 복수의 길은 목적지에 이르지 못하고 중도에 끊어지고 만다. 니스에서 갑자기 마음을 바꾼 것이다. 한여름 니스의 찬란한 햇살과 부드러운 미풍이 그의 뜨거운 머리를 차분히 식혀주었던 것일까. 베를리오즈는 가던 길을 멈추고 니스에 머물면서 〈리어 왕의 서곡〉을 썼고, 다시 이탈리아로 돌아가 시골을 여행하며 새로운 영감의 실타래를 풀어나갔다. 베르테르였던 베를리오즈는 어느덧 바이런의 《차일드 해럴드의 편력》에 나오는 해럴드로 변해간다. 이때의 경험이 교향곡 〈이탈리아의 해럴드〉에 반영되어 드러나 있다.

베를리오즈가 이탈리아 여행과 로마 유학에서 돌아왔지만 달라진 건 없었다. 그의 음악을 향한 파리 음악계의 혹평은 여전했고 가난뱅이 처지도 전혀 달라지지 않았다. 하지만 로마에서 많은 예술가들과 교류한 경험과 이탈리아의 시골을 여행했던 시간들은 그에게 많은 변화를 가져다주었다. 세상에 대한 분노로 자신을 괴롭힐 것이 아니라, 자신의 예술을 가지고 세상에 맞서야 한다는 것을 깨달은 것이다. 베를리오즈는 이탈리아 유학 이후 은퇴할 때까지의 30년 남짓한 세월을 작곡가로서, 저술가로서 정말 치열하게 살았다. 펜 하나를 가지고 온 열정을 다해 문학과 음악 사이를 오갔다. 은퇴 후, 베를리오즈는 회상록에 이렇게 썼다. "이탈리아에서 돌아온 이후의 음악 생활 30년은 내게 탁상공론과 귀머거리들과의 30년 전쟁이었다."

실연의 고통과 죽음에 대한 환상 앞에 서 있던 젊은이는 이탈리아 여행과 30년 전쟁을 지나며 불멸의 예술가로 삶을 마감했다. 거부되고, 무시당하고, 이해받지 못하던 한 영혼이 문학을 통해 새로운 길을 찾고 음악을 통해 자신을 표현하며 삶의 한계를 초월해나간 과정은 그 자체로 한 권의 책처럼 완결성을 지닌 인생으로 다가온다.

악곡의 형식을 중요시하던 고전주의는 베토벤을 기점으로 내용을 중요시하는 낭만주의로 전환된다. 이 시기에 음악 작품들은 악곡의 형식이나 작품 번호만으로 붙여지던 기존의 이름에 〈전원교향곡〉, 〈황제협주곡〉처럼 특정한 분위기나 주제를 담기 시작하는데 이를 '표제음악'이라고 한다. 이는 음악에서 음의 유희만을 찾을 것이 아니라 음악의 내용과 의미를 찾아야 한다는 반성에서 비롯된 것이라고 한다.

베토벤의 후계를 자처한 베를리오즈는 문학 작품과 개인의 경험으로부터 내용과 의미를 가져와 그것을 악보에 담아냈다. 괴테의 책들에서 얻은 영감과 첫사랑의 시련을 담아낸 〈환상교향곡〉, 바이런의 시와 이탈리아 여행의 경험을 녹여낸 〈이탈리아의 해럴드〉, 셰익스피어에 대한 경의를 담은 교향곡 〈로미오와 줄리엣〉, 대서곡 〈리어 왕〉, 오페라 〈베아트리체와 베네딕트〉, 월터 스콧의 역사소설 《웨이벌리》에 자극을 받아 쓴 대서곡 〈웨이벌리〉, 조각가 벤베누토 첼리니의 자서전과 이탈리아 여행의 추억을 더하여 쓴 오페라 〈벤베누토 첼리니〉 등 그의 작품에는 언제나 막 독서를 마친 독서가의 흥분이 뜨겁게 살아 있다.

그의 작품 목록을 들여다보고 있노라면 어린 열정으로 세상을 서툴게 사랑한 베르테르가 대문호들의 책과 여행을 통해 인생의 슬픔을 극복하고 냉혹한 세상을 헤쳐나간 고단한 걸음걸음이 고스란히 읽힌다. 그 가운데서도 괴테의 문학은 베를리오즈의 첫 성공을 열어주었다는 의미에서 더욱 각별하게 다가온다. 괴테의 문학 작품과 베를리오즈의 음악에는 한때 우리 모두가 지나온 질풍노도기의 아픔과 더불어 그것이 거대한 자연의 일부라는 것을 깨달았을 때의 평온함이 존재한다. 순수한 열정과 자존심이 자연의 생명력과 융합해 인간 사회의 제약과 충돌을 일으키는 모습은 비극도 기쁨으로 느끼게 만들 만큼 신비롭게 다가온다.

책에서 받은 영감과 경험을 통해 삶을 통찰하고 그것을 음악으로 재생해낸 베를리오즈. 그는 우리에게 독서의 길을 다시 묻고 있다. 작가의 노고를 헛되지 않게 하는 것은 자신만의 목소리를 만드는 것이라고, 한때는 나약한 베르테르였던 베를리오즈가 젊디젊은 목소리로 일러주고 있다. 그의 음악은 여전히 새롭고 젊게 느껴진다. 베를리오즈의 음악들은 아직까지도 너무 신선해서 여태 클래식이 되지 못했다. 영원히 젊은 목소리, 모든 예술가들이 영혼을 팔아서라도 갖길 원하는 바로 그것.

어찌하여 그대는 나를 깨우느뇨? 봄바람이여! 그대는 유혹하면서 '나는 천상의 물방울로 적시노라'라고 하누나. 허나 나 또한 여위고 시들 때가 가까웠노라. 나의 잎사귀를 휘몰아 떨어뜨릴 비바람도 이제 가까웠느니라. 그 언젠가 내 아름다운 모습을 보았던 나그네가 내일 찾아오리라. 그는 들판에서 내 모습을 찾겠지만, 끝내 나를 찾아내지는 못하리라.

– 괴테 《젊은 베르테르의 슬픔》 중에서

Edvard Munch

& Fyodor M. Dostoyevsky

12

악령으로부터의 도주

에드바르 뭉크,
도스토옙스키의 《악령》을 읽다

고등학생 시절, 즐겨 봤던 드라마 중에 대학생들의 캠퍼스 생활을 다룬 텔레비전 드라마 〈우리들의 천국〉이라는 것이 있었다. 이 드라마는 청춘스타의 등용문과도 같았는데 염정아도 이 드라마를 통해 연기 데뷔를 했던 것으로 기억한다. 훤칠한 키와 서구적인 마스크로 시청자의 눈길을 사로잡은 그녀의 브라운관 데뷔를 내가 더욱 특별하게 기억하는 것은 드라마 속에서 그녀가 읽던 책 때문이다. 그녀는 도서관에서 홀린 듯이 책을 읽었다. 그 책을 읽느라 코앞에 닥친 시험 따윈 안중에도 없었다.

환상 속의 그 책

그 책은 도스토옙스키의《악령》이었다. 나는 그 장면에서 대학생활의 여유와 낭만을 느꼈다. 시험 기간에도 한갓 귀신 이야기에 마음을 빼앗길 수 있을 만큼 여유로울 거라는 착각, 읽고 싶은 책을 읽고 마음껏 취할 수 있는 대학생활에 대한 환상 속에 그녀와 도스토옙스키가 있었던 것이다. 염정아와 도스토옙스키는 그렇게 강렬하고도 오래도록 내 뇌리에 남아 있었다. 하지만 좀처럼 읽을 기회를 찾지 못했다. 내 현실은 청춘드라마 속 아름다운 여대생의 일상과는 거리가 멀었고 도스토옙스키는 더더욱 아득하기만 했으니….

그로부터 아주 오랜 시간이 지난 오늘에서야 결국《악령》의 책장을 열어보게 되었다. 〈절규〉의 화가 뭉크(Edvard Munch, 1868~1963)의 그림들이 표지를 장식하고 있는 도스토옙스키 전집(열린책들)을 보면서 오래 묵혀둔 호기심 상자의 뚜껑을 마침내 연 것이다. 뭉크는 도스토옙스키의《악령》을 거듭 읽었고, 세상을 떠나는 마지막 순간에도 그 책을 곁에 두었다고 한다. 그 소설의 세계는 과연 복잡했다. 그 책을 평생에 걸쳐 읽었다는 뭉크의 말은 과장이 아니었다. 그 속에서 나는 여러 번 길을 잃고 좌절도 했다.

도스토옙스키의 '악령'을 찾아서

많은 사람들이 비슷한 이름으로 한꺼번에 등장하고, 알 수도 없는 말들을 내뱉으며, 화자가 누구인지도 헷갈리는 난장판 속에서 길을 찾기란 쉽지 않았다. 그럼에도 참고 읽어나가다 보니 관념의 인물들이 점차 형상을 띠고 다가오는 것을 느낄 수 있었다. 스타브로긴, 스테판, 표트르라는 세 인물은 각기 내가 겪은 현실 속의 누군가와 병치됐다. 재력, 사회적 위치, 두뇌, 외모 등 모든 걸 다 가졌지만 허무주의에 사로잡혀 위험한 장난을 일삼는 스타브로긴, 특별한 부족함은 없어 보이지만 부성애의 결핍 때문인지 마음속에 냉소와 이기심이 가득한 표트르, 한때는 대단한 사상가였지만 지금 젊은이들에겐 늙고 허약한 이상주의자로 보일 뿐인 스테판이 중심인물이다. 스타브로긴은 스테판의 제자로 정신적인 아들이고, 표트르는 스테판의 생물학적인 아들이다. 노회한 사상가가 낳은 관념과 육체의 두 아들은 상호보완적인 관계인 것 같다가도 결국 함께할 수 없는 관계임을 드러낸다.

마음만 먹으면 사람의 마음을 움직일 수도, 한 여자의 인생을 구원하거나 파멸에 이르게 할 수도 있는 스타브로긴. 그러나 그는 그런 게 다 무슨 소용이냐는 허무적인 고뇌 속에 자살로 생을 마감한다. 스타브로긴을 구심점으로 반란 조직을 만든 무정부주의자 표트르는 관련된 사람들을 파멸로 몰아넣고 혼자서만 탈출한다. 스타브로긴의 교시에 영향을 받고 표트르에 의해 5인조에 몸을 담은 인물들도 결국 비극적인 결말을 택하거나 맞게 된다.

세상을 바꿔야 한다는 이상적인 목표는 비슷하나 스스로에 대한 이상은 세우지 못한 젊은이들의 무모한 열정. 그것이 바로 도스토옙스키가 말한 악령이었을까. 자신들의 손으로 세상을 변화시킬 수 있다고 믿는 신념, 자신을 이끌어줄 우상적 존재를 갈급하는 추종에의 열정, 그러나 그 모든 게 무엇을 위한 것인지 모르는 지독히 공허한 내면들이 슬프게 얽혀 있다. 악령이 가장 좋아하는 먹잇감은 이렇듯 충만하지 않은 내면으로 불분명한 목표를 향해 달려가는 위험한 청춘들이다. 19세기 후반의 러시아를 배경으로 한 사건과 인물들이지만 21세기를 사는 우리도 언젠가, 어디선가, 보고 듣고 겪은 얘기다. 그 속에는 나의 모습도 들어 있다. (신이든 악령이든 우리가 그것에 홀리지 않았다면 죽음을 향해서든 삶을 향해서든 달려갈 힘조차 없었을지도 모른다.)

뭉크의 도스토옙스키

뭉크에게 도스토옙스키는 아버지로부터 물려받은 유산과 같은 의미였다. 일찍 어머니를 여읜 남매들을 위해서 아버지는 밤이면 도스토옙스키를 읽어주었다고 한다. 아버지는 신을 믿었고, 아이들에게도 신을 믿어야 한다고 가르쳤다. 하지만 어린 뭉크는 어머니와 누나의 죽음을 겪으며 신이 정말 존재할까, 의심했다고 한다. 병약했던 뭉크는 침대에 누워 죽음을 목전에 두고서야 아버지에게 맹세했다. 병을 낫게 해준다면 신께 삶을 바치겠다고. 하지만 그럴 때에도 뭉크는 신의 존재를 완전히 믿지는 못했다. 병을 낫게 해준다면 믿겠다는 조건부 신앙인이었던 뭉크에게 도스토옙스키의 책은 보수적인 아버지, 그의 연장선상에 있는 존재였다.

신앙을 품지 못한 뭉크는 니체를 통해 아버지를 극복할 다른 길을 찾기도 했다. 늘 니체의 책을 가까이했고, 자신의 서재에서 떠나 있을 때는 니체의 책을 다시 구입해 가지고 다녔다고 한다. 니체와 성경 사이에서 방황하던 그는 도스토옙스키의 소설《악령》을 거듭 읽으면서 스타브로긴의 허무와 키릴로프, 샤토프 등의 인간성에 깊이 매료됐다. 스타브로긴에 의해 무신론에 빠진 키릴로프, 그리스도의 도래를 믿는다면서 동시에 신의 존재를 심각하게 회의하는 샤토프 사이에서 헤매고 허무주의자 스타브로긴에게서 자신의 모습을 발견하기도 했다. 표트르를 경멸하면서도 그에게 끌려다니는 5인조는 거울처럼 그의 처지를 비춰주었다.

뭉크는 예술가로서 어디에도 완전히 속하지 못했으나 모든 곳에 조금씩 속해 있었다. 그가 이르는 곳마다 어딘가에서 그를 노려보다 덮쳐오는 악령의 힘을 느꼈다. 그들을 피해 그림 속으로 숨어보지만 그 도피는 역설적으로 수많은 표트르들의 표적이 되는 그림들을 양산했다. 모든 곳에 있지만 어디에도 없었던, 혹은 그 무엇으로도 존재하지 않고자 했던 뭉크. 이것이 그의 그림들과 그가 평생에 걸쳐 읽었던 도스토옙스키의《악령》을 통해 내가 바라본 뭉크의 초상이다.

악령을 부르는 인간

인간은 스스로가 이기적인 존재라는 것을 안다. 그것을 극복해보고자 끊임없이 새로운 사상을 주창하고, 그것에 몰려든다. 도스토옙스키의 소설《악령》은 그러한 사상마저도 이기심을 위한 도구로 이용하는 것

절규 에드바르 뭉크 | 템페라화 | 83.5×66cm | 1910년

이 인간이라는 냉혹한 현실을 보여준다. 인간의 이기심은 결국 모두를 파멸로 몰고간다. 스타브로긴은 언제까지나 자기 자신이고 싶어 했고 결국 자기 자신으로 남고자 했지만 그런 스타브로긴의 욕망 또한 그를 추종했던 자들의 눈으로 보자면 지독한 이기심에 다름 아니다. 그는 새로운 삶을 선택함으로써 타인들의 희망이 될 수도 있었지만 그 길을 포기했다. 그 역시 이기적인 인간이었기 때문이다.

도스토옙스키는 인물들을 지극히 인간적으로 그리면서도 지독히 냉소적인 시선을 유지한다. 그가 내세운 작중화자는 소설 속에서 별다른 사건을 일으키지도 않으면서 모든 것을 알고 자세히 설명하고 있다. 어쩌면 자신에게 주어진 역할이 바로 그런 것이라고 생각했는지도 모르겠다. 진리를 알고 있지만 직접 나서지는 않는 것, 인간의 본질을 낱낱이 보여주고 그리하여 스스로 죄를 뉘우쳐 신 앞에 구원을 청하도록 만드는 것이 자신의 일이라 여긴 것일까. 어쩌면 그는 문학을 통해 그리스도의 역할을 하고자 했는지도 모르겠다.

그의 태도는 그리스도의 그것처럼 따사롭지는 않다. 신념에 찬 인간들을 모순적으로 희화화하는 그의 어투는 지독히 차갑다. 급박한 상황 전개 속 앞뒤가 맞지 않는 달뜬 묘사 속에서도 그의 냉소는 시리게 살아 있다. 이 모든 주의, 주장이 다 무슨 소용인가. 그 어떤 위대한 사상도 어떤 사회나 민족은커녕 한 인간의 삶조차, 스스로의 양심조차 구원해주지 못한다. 그러니 절규할 수밖에 없는지도 모른다. 뭉크의 그림처럼!

잃어버린 절규

뭉크의 그림은 도난 사건으로 더 유명하지만 '절규'를 듣는 사람들의 귀가 사라진 건 아닐까. 항상 자신의 작품에 둘러싸여 있어야 마음이 놓였기 때문에 뭉크는 수십 개의 방이 있는 커다란 저택에서 살았다. 노르웨이 정부는 그의 저택과 그가 소장한 고가의 그림들에 터무니없는 세금을 부과했지만 뭉크는 자신의 작품을 팔지 않고 지키려 했다. 이해받지 못한 세상으로부터 자기 예술을 지키기 위해서라기보다는 온전히 자기 자신으로 존재할 수 있는 시간이 자신의 그림에 둘러싸여 있을 때뿐이어서 그랬던 듯싶다. 스타브로긴의 실험 대상이 되지 않고, 표트르의 도구로 이용되지도 않으며, 허무와 냉소의 악령에 사로잡히지도 않을 길을 다른 곳에서 찾을 수 없었기에 자신의 그림들 가운데 머무는 것을 택한 것은 아닐까.

뭉크의 그림을 보고 있으면 우리가 우리의 현실을 직시할 때 남는 것은 정녕 절규밖에 없겠다는 생각이 든다. 그 절규의 하이소프라노는 인간의 청력이 감당할 수 없을 만큼 높아서 아무도 듣지 못한다. 그렇기 때문에 우리가 타인의 고통에 그토록 무감각한 것이다. 도서관에서《악령》을 읽던 여대생의 홀린 표정에서 대학생활의 낭만을 읽었던 그 시절의 나처럼, 우리는 각자 자신에게 결핍된 무언가를, 구하고자 하는 무언가를 세상에서 찾아 헤맬 뿐이다. 그것이 악령인 줄도 모르고.

"삶은 고통이고 삶은 공포며 인간은 불행합니다. 지금은 모든 것이 고통이고 공포입니다. 지금 인간은 고통과 공포를 사랑하기 때문에 삶을 사랑합니다. 그리고 그렇게 해왔지요. 지금 삶은 고통과 공포의 대가로 주어진 것이며, 바로 여기에 모든 기만이 있는 겁니다. 지금 인간은 아직 그 인간이 아닙니다. 행복하고 오만한 새로운 인간이 나타날 겁니다. 고통과 공포를 극복하는 사람, 바로 그 사람이 신이 되는 겁니다. 그러면 그 신은 존재하지 않게 되는 거죠."

"그렇다면, 당신의 생각에 따르면 그 신은 존재하는 겁니까?"

"그 신은 존재하지 않지만, 존재합니다. 돌 자체에는 고통이 없지만 돌에서 비롯된 공포 속에는 고통이 있습니다. 신은 죽음의 공포에서 오는 고통입니다. 고통과 공포를 극복하는 사람, 그 사람은 직접 신이 될 겁니다. 그때는 새로운 삶이, 그때는 새로운 인간이, 모든 것이 새롭게… 그때는 역사가 두 부분으로 나누어지게 될 겁니다. 고릴라에서 신의 파괴 이전까지, 신의 파괴에서부터…."

"고릴라 이전까지인가요?"

"…지구와 인간의 물리적인 변화 이전까지. 인간은 신이 되면서 물리적으로 변화될 겁니다. 그리고 세계도 변화되고 사건들도 변화되며, 사상과 모든 감정들도 변화될 겁니다. 그때는 인간도 물리적으로 변화되지 않겠습니까…."

– 도스토옙스키 《악령》 중에서

Rainer Maria Rilke

& Paul Valéry

13

길을 찾아서

릴케,
발레리의 《해변의 묘지》를 읽다

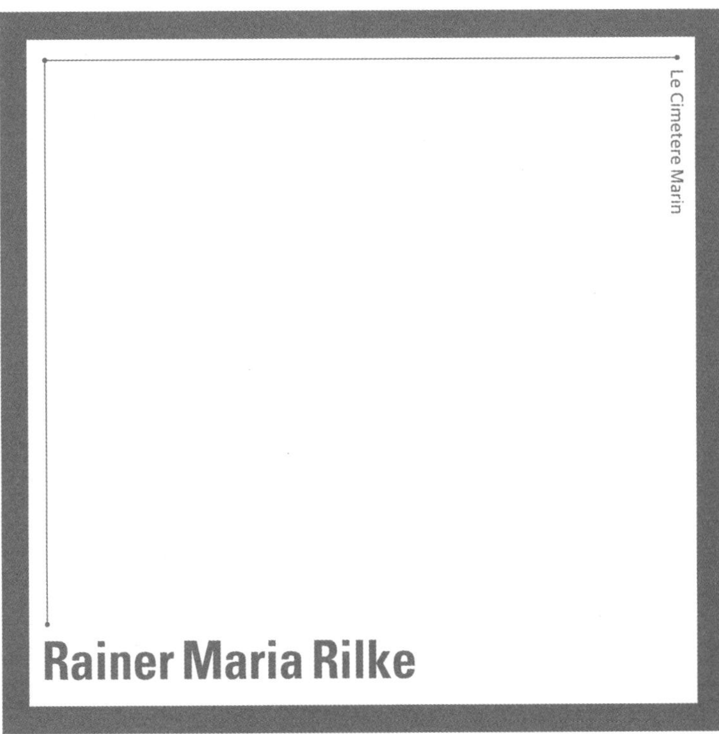

"나의 책읽기는 눈에 띄는 대로 읽는 것이었어요. 나는 학교 교육을 제대로 받은 적이 없기 때문에 나의 독서는 체계적인 것이 될 수 없었어요. 아무런 계획도 없이 이루어진 교육과 성장하는 동안의 그 위협적인 분위기로 인해 나는 삶을 위한 준비가 될 만한 많은 것들과 많은 기술들을 전혀 배우지 못했어요. 그랬더라면 나의 삶도 남들처럼 쉽게 풀렸을 텐데요."

릴케(Rilke, 1875~1926)가 루 살로메(Lou Andreas-Salomé, 1861~1937)에게 쓴 편지에 나오는 구절이다. 이 편지를 쓸 당시 릴케는 파리에 있었다. 파리의 국립도서관에서 보들레르, 플로베르, 공쿠르 등 프랑스 작가들의 책과 함께 역사책들을 찾아보던 릴케는 새삼스런 절망감에 빠졌다. 자신의 교양과 경험이 얼마나 부족한지 깨달았기 때문이었다. 릴케는 루 살로메에게 그런 심경을 털어놓았다. 경험이며 교양이 훨씬 풍부한 그녀에게 자신의 부족함을 변명하며 이해를 구하고 그런 자신을 보살피고 북돋워달라는 투정이기도 했다.

그 책을 일찍이 읽었더라면

릴케처럼 자신의 부족함을 어린 시절에 기대어 변명하려는 마음은 누구에게나 있다. 가정형편이 좀 더 나았더라면, 부모가 내 교육에 더 관심을 가져주었더라면 혹은 더 좋은 스승을 만났더라면 오늘의 내 모습이 달라졌을 거라는 막연한 회한. 이는 지금의 나를 부정하고픈 나약함에서 비롯한 것이기는 하지만, 자신의 부족함이 자기 탓인 것만은 아니라는 사실에 위안을 얻고자 하는 자기보호 심리가 발동한 것이기도 하다.

릴케는 안타까워했다. 어린 시절에 보다 체계적인 독서를 했더라면, 자신의 재능과 꿈을 보다 일찍 발견해준 누군가가 있었더라면, 하고. 사랑과 장미, 기도와 고독으로 포장된 릴케의 이미지 뒤에는 그렇게 '이미 늦은 것은 아닐까' 하는 초조함이 얼룩져 있다. 도스토옙스키를, 투르게네프를, 매혹적인 프랑스 작가들의 책과 역사서들을 접할 때마다 왜 이제야, 하고 탄식했던 릴케. 책이 그를 기다리는지, 그가 책을 기다리는지 알 수 없는, 끝도 없고 멈출 수도 없는 그 길 위에서 릴케는 늘 고독했다.

릴케의 시가 아름다운 이유

독일어를 몰라도 릴케의 시가 아름다운 것은 안다. 그런데 릴케의 시를 아름답다고 여기는 것도 때가 있는 모양이다. 이제는 릴케의 시를 읽어도 아무런 감흥이 없다. 나이 탓인지 생활의 더께에 감성이 무뎌진 것인지 모르겠다. 사랑을 노래하고 가을을 이야기한 릴케의 시는 미디어를 통해 무한 반복되기에 익숙해진 감성일 뿐인지도 모른다. 독일어를 배울 기회가 있었을 때 열심을 들이지 못한 것을 후회한다. 릴케가 자신의 시 세계에 영향을 주었다는 프랑스 작가들의 작품을 읽어보아도 마찬가지다. 당최 무슨 소린지 알 수가 없다. 나는 또 후회한다. 고등학교 때 제2외국어로 택했던 불어를 왜 꾸준히 공부하지 않았을까. 누군가 그랬다. 외국어로 쓰인 시를 한국어 번역으로 읽는 것은 벙어리장갑을 끼고 여인의 몸을 만지는 것과 같다고.

릴케에게도 그런 갑갑함이 있었다. 루 살로메 부부와 함께 러시아 여행을 갔을 때 그는 러시아어에 익숙하지 못한 것에 고통을 느꼈다. 파리에서는 서툰 프랑스어 발음 때문에 이방인인 자신의 처지가 새록새록 아프게 다가왔고, 말년을 보낸 스위스에서도 고독한 처지는 마찬가지였다. 독일 시인이지만 체코 여권을 가지고 프랑스 작가들의 작품을 번역하고 있던 그는 스스로 자기 자신이 누구인지 알 수 없는 고통에 몸부림쳤다. 일평생 결핍의 한을 가지고 위태로운 길을 걸어 온 그의 영혼이 부르는 노래가 그토록 긴 생명력을 가진 이유를 조금은 짐작할 수 있을 것 같다. 아름다움은 고통이 슬픔으로, 슬픔이 깨달음으로, 깨달음이 치유로 이어지는 과정에서 생성되는 것이었다. 온통 결핍과 혼돈으로 이루어진 사랑과 언어와 정체성 사이에서 아무도 지도를 그려주지 않은 길을 혼자 더듬더듬 헤매던 릴케. "결국 세상은 아름다운 한 권의 책에 도달하기 위해 존재한다"고 했던 말라르메의 말처럼 릴케의 삶 역시 그런 한 권의 책에 이르기 위해 떠돈 길인지도 모른다. 그가 마침내 도달한 한 권의 책이 있다면 그것은 폴 발레리의 책일 것이다.

벙어리장갑을 끼고 읽은 발레리

릴케가 발레리의 시를 읽고 앙드레 지드에게 보낸 편지는 유명하다.

"나는 홀로 있었다. 나는 기다리고 있었다. 나의 모든 작품도 기다리고 있었다. 어느 날 나는 발레리를 읽었다. 그리고 내 기다림이 끝이 난 줄을 알았다."

그는 무얼 기다렸고, 발레리의 책에서 무엇을 발견했던 걸까. 발레리, 하면 생각나는 것은 우선 지중해의 바다다. 그리고 그 바다 곁에 자리해 있다는 그의 묘지다. 또 "우리는 생각하는 대로 살아야 한다. 그러지 않으면 사는 대로 생각하게 된다"는 유명한 금언이 있다.

릴케가 파리에 있을 때 발레리는 시인으로서의 활동을 멈춘 상태였다. 타고난 재능과 감성으로 파리 문단의 기대를 한 몸에 받았던 그는 이십대 초반의 젊은 나이에 돌연 작품 활동을 중단하고 사색과 연구에 파묻힌다. 그러기를 20년. 그를 높이 평가한 앙드레 지드의 거듭된 닦달에 못이기는 척 내놓은 것이《해변의 묘지》다. 그는《해변의 묘지》에서 이렇게 노래했다. "오, 나의 영혼이여. 영원불멸을 꿈꾸지 말고, 다만 가능성의 영역을 다 소진시켜라."

벙어리장갑을 낀 손의 무딘 감각으로 읽어본 발레리의 시는 역시 암호 같다. 하지만 벙어리장갑의 감각으로도 느껴지는 것은 릴케와는 다르다는 것. 릴케가 아리스토텔레스적이라면 발레리는 플라톤적이다. 철학에도 무지하기 이를 데 없는 나로서는 아리스토텔레스적인 것과 플라톤적인 것을 명쾌하기 설명하기 어렵지만 벙어리장갑의 감각으로 읽은 깜냥으로 모호하게 남은 인상이 그러하다. 어떤 작가나 작품에 대해 나도 모르게 아리스토텔레스적인 것과 플라톤적인 것, 헬레니즘적인 것과 헤브라이즘적인 것, 소크라테스적인 것과 셰익스피어적인 것, 디오니소스적인 것과 아폴론적인 것, 귀납적인 것과 연역적인 것을 구분하곤 한다. 역시 벙어리장갑의 감각이어서 믿을 만한 것은 못 되지만.

릴케와 발레리, 다른 모양의 쌍둥이

릴케와 발레리는 다르다. 두이노의 성에서 바람이 불러주는 대로 받아쓴 것이 저 유명한《두이노의 비가》첫 소절이 되었다고 할 만큼 영감에 따라 시를 썼던 릴케다. 발레리는 누구보다 촉망받는 작가였지만 돌연 집필을 중단하고 20년간의 사색과 연구를 통해 얻은 지식과 통찰로 다시 시의 붓을 들었다. 릴케에게 발레리는 그에게 없는 모든 것이었는지도 모르겠다. 발레리는 이렇게 말했다. "나는 작업이, 작업의 산물보다 더 깊이 내 흥미를 끈다는 것을 자백한다." 시 보다는 그것을 쓰는 과정이 더 중요하다는 말인 듯하다. 섬세한 영혼에 만족할 줄 모르는 지성. 어쩌면 그것이 예술가가 지녀야 할 양날의 검이 아닐까.

그 만족할 줄 모르는 지성들은 때로 세상의 지탄을 받기도 한다. 세계대전의 위급한 나날 속에서 낭만은 추한 공상으로 추락하고, 나치즘과 유물론이 득세했으며 프로이트 학파의 정신분석과 초현실주의가 경쟁적으로 '높은 값'에 팔리고 있었다. 릴케와 발레리는 그런 시대를 살고 있었다. 그런 시대에 릴케는 뮈조트의 성관에 몸을 숨기고 장미화원을 가꾸었다. 그때 발레리가 찾아와 그의 영혼을 각성시켰다.

도취하기 쉬운 시대에 인간의 감각을 섬세히 각성시키는 일이야말로 시인의 일임을 릴케는 발레리의 책에서 깨닫게 된다. 그 엄혹한 시대에도 고갈되지 않은 시인 발레리의 영혼은 어떤 가능성을 지니고 있는지 짐작조차 할 수 없는 놀라운 글을 쏟아내고 있었다. 내셔널리즘과 인종주의, 욕정이라는 우상이 난무하던 시절에도 사유의 모험과 즐거움은 그렇게 살아 있었다. 릴케는 곧장 발레리의 시를 독일어로 번역했고, 그 에너지로 자신의 작품을 쓰기 시작했다. 곧이어 《두이노의 비가》를 완성했으며 발레리의 영향력이 역력한 시집 《오르페우스에게 부치는 소네트》를 펴냈다.

우리는 저마다의 길을 간다. 그 길이 어디에 닿아 있는지, 무엇을 위한 것인지 알지 못한 채로. 그러다가 어딘가에서 혜성처럼 나타난 어떤 인연을 통해 깨닫는다. 이 길을 따라오지 않았더라면 만나지 못했을 인연이고, 만났더라도 알아보지 못했을 존재일 것이다. 그 존재 앞에 서면 지나온 모든 길들이 열렬한 긍정의 길이 된다. 결핍도 헤매임도 그런 만남을 위한 길이었음을 알게 된다. 그 만남의 순간을 위해 우리는 힘들어도 거듭 신발 끈을 조여야 하는 것이다.

비둘기들 노니는 저 고요한 지붕은
철썩인다 소나무들 사이에서, 무덤들 사이에서,
공정한 것 정오는 저기에서 화염으로 합성한다
바다를, 쉼없이 되살아나는 바다를!
신들의 정적에 오랜 시선을 보냄은
오, 사유 다음에 찾아드는 보답이로다!
(중략)
아니, 아니야! … 일어서라! 이어지는 시대 속에!
부셔버려라, 내 육체여, 생각에 잠긴 이 형태를!
마셔라, 내 가슴이여, 바람의 탄생을!

– 폴 발레리 《해변의 묘지》 중에서

Mark Rothko

& Franz Kafka

14

비밀의 방

마크 로스코,
카프카의 《소송》을 읽다

수년 전, 어느 미술관에서 그의 작품을 봤다. 바닥에 닿을 듯 벽면을 가득 채운 그림들은 관람자를 물들일 듯 서늘하고도 따뜻한 기운들을 뿜어내고 있었다. 나는 빠져들 듯 그림을 들여다봤고, 그 순간의 서늘한 따뜻함을 아직도 기억한다. 액자 장식 없이 커다랗게 걸려 있던 그림들은 무엇을 그렸는지 알 수 없는, 그저 색채의 향연이었다. 애초에는 무언가를 그렸지만 겹쳐 칠한 빛깔들에 서서히 가려졌는지도 모른다. 애초에는 무언가였지만 겹쳐 입혀진 옷들에 서서히 사라져버린 내 존재처럼 말이다.

전시장 한쪽에서는 작가의 일생을 소개하는 다큐멘터리 필름이 상영 중이었다. 시간이 부족해 잠시만 보고 나왔지만, 열네 살(1913년)에 미국으로 건너간 러시아계 유대인이라는 것, 머리가 좋고 책을 많이 읽었으며 어디서도 받아들여지지 않는 추방당한 자의 슬픔을 지닌 사람이라는 것은 기억에 남았다. 그의 예술 세계에 가장 깊은 영향을 미친 인물이 니체이며 그의 일생에 가장 중요했던 책은 니체의 《비극의 탄생》이라는 것도. 20세기에 태어나 그 시대의 예술가로 살아간 그의 운명 자체가 '비극의 탄생'인지도 몰랐다.

로스코의 방

마크 로스코의 그림은 까다롭다. 그의 그림은 연작을 이룬 여러 개의 작품이 한 장소에 한꺼번에 전시돼야 한다. 어떤 전시에서건 로스코만을 위한 방이 따로 있어야 한다. 액자 장식은 없어야 하고, 각별히 고안된 조명이 필요하다. 관람자가 그림을 보는 위치는 화가가 그림을 그릴 때의 위치와 같아야 한다. 45센티미터 거리에서 10분 이상 서 있어야 한다. 스윽 훑어보는 건 용납되지 않는다.

무언가를 보았다는 것보다 어떤 것을 느꼈다는 것이 더 중요했다. 누군가는 그의 그림 앞에서 눈물을 터트렸고, 어떤 이는 그의 전시실에서 하룻밤을 보내곤 다시 태어난 느낌을 받았다고 했다. 로스코의 그림은 관객이 그림 앞에 서서 어떤 정서를 경험함으로써 완성되는 것이었다. 하나의 그림은 단순히 하나의 그림에 그치지 않고 그 그림을 본 사람의 수만큼 다양해지고 그림을 봄으로써 그림을 소유하는 것이 된다. 그렇기 때문에 로스코는 가능하면 공공의 장소에 그의 작품이 설치되길 원했다.

로스코는 마치 초인처럼 화가의 한계를, 2차원의 예술인 회화의 한계를 넘어서고자 했다. 시대의 굴곡을 넘고 이방인에 대한 차별과 경계를 넘고, 가난과 질병도 이겨냈다. 하지만 그가 끝내 넘어서지 못한 것이 있었다. 그것이 뭔지는 잘 모르겠다. 자살로 마감된 그의 비극적인 말년은 '끝내 넘어서지 못했다'는 회환으로 가득하다. 모든 어려움을 극복하고, 대부분의 벽을 넘어선 인생이지만 그 자신만이 알고 있는, 차마 들어가지 못한 두려움의 밀실이 남겨져 있었던 것이다. 평생 바라보았으나 끝내 이르지 못한 삶의 심장 같은 그것. 그러나 차마 말하지 못한 것. 그것이 무엇이었을까. 로스코만 그런 것이 아니다. 이 세상에서 한 생을 보내기 위해 태어난 모든 사람들의 마음속에는 그렇게 일생토록 잠궈놓고 들어가지 못한 밀실, 비밀의 방이 있다.

약혼녀에게 《소송》을 선물하다

마크 로스코는 자신이 결혼에 적합한 사람이 아니라는 것을 알고 있었다. 그런데도 그는 서른 살 되던 해에 에디스 사차라는 여인과 결혼한다. 과연 그녀는 현실적인 사람이라 로스코를 이해하지 못했고 결국 헤어지고 말았다. 로스코는 이혼하면서 이렇게 말했다. "결혼이란 예술가에게 당치 않은 일이다" 그래놓고는 이듬해 봄에 일러스트레이터 멜과 결혼했다. 예술가에게 당치 않은 일이라면서 그는 또다시 결혼이라는 모험을 감행한다. 이 결혼에서 흥미로운 점은 그가 멜에게 구혼하면서 카프카의 책《소송》을 선물했다는 사실이다. 여자에게 보석이 아니라 책을 선물하는 구혼자라니. 멜은 이 특이한 청혼을 받아들였다. 로스코는 카프카의 책이 약혼녀가 자신을 이해하는 데에 도움이 될 거라 기대했던 듯하다. 카프카 역시 유대인이었고, 러시아 문학에 뿌리를 갖고 있었다. 현실에 발을 붙이기 어렵지만 그것을 이겨내려는 몸부림, 그러나 몸부림을 치면 칠수록 무기력한 절망의 늪으로 점점 깊이 빠져들고 있다는 공포감. 그런 것이 로스코가 읽은 카프카의 초상이었을 것이다.

로스코는 많은 책을 읽었다. 특히 러시아 문학과 니체의 철학, 그리스 비극에 파묻혀 있다시피 했다. 그런 그가 약혼녀에게 건넨 카프카의《소송》에는 이 모든 것이 결합돼 있다. 도스토옙스키적인 인간의 심리 묘사, 도취와 이성이 결합된 니체적인 인간형 그리고 충격과 공포를 안겨주는 비극이 모두 들어 있다.《소송》의 주인공 요제프 K는 현실과 이상의 평행적 세계 속에서 갈등하고 방황하며 투쟁한다. 그러나 끝내는 관료사회의 어처구니없는 폭력 앞에 무기력하게 무너지고 만다. 그런 요제프 K의 모습에서 로스코는 자기 자신과 자신의 미래를 느꼈던 건지도 모른다. 그의 현실과 미래는《소송》에 나오는 요제프 K의 그것처럼 암울한 잿빛이었다. 그는 강렬한 색채를 원했다. 그것이 사람들에게 닿으면 새로운 감각을 일깨워줄 것이었다. 그것이 그가 세상에 줄 수 있는 구원의 손길이었다.

문지기는 왜

그러나 정작 로스코는 자신의 그림들로 인해 구원받지 못했다. 《소송》의 주인공 요제프 K처럼 어느날 갑자기 사형집행관들에게 붙들려 치욕적인 죽음을 맞지 않기 위해서라도, 로스코는 스스로 목숨을 끊는 수밖에 없었을 것이다. 그러나 자살이라는 죽음의 형식이 본질을 바꿔놓지는 못한다. 그는 그가 원하는 삶의 형식에도, 죽음의 형식에도 이르지 못했다. 카프카가 《소송》에 그려놓은 세계처럼 이상은 이상대로 있고, 현실은 현실대로 있어 둘은 만나지 못하고 마는 것이다.

현실의 인간은 이상을 향해 힘껏 달려가지만 그 길목에는 많은 문지기들이 지키고 서서 앞을 가로막는다. 그들은 길을 막고 서서 이상의 문으로 가는 더 빠르고 안전한 길을 알려주겠다고 하면서 자꾸만 무언가를 요구하고 협박을 일삼는다. 이상의 문을 열려고 길을 가는 인간을 그렇게 막아서는 이유라는 것이 더 아이러니하다. 그 문은 오로지 그에게만 열리게 되어 있고, 그만이 들어갈 수 있기 때문이란다. 주인이 있고 그 주인을 위해 지키는 자들이 있는 것이지만 주인은 끝내 들어갈 수 없다. 권력이 국민에게 있다고 하지만 국민은 그 권력에 이르지 못하는 것처럼 말이다.

로스코도 문지기들의 유혹과 협박을 받았다. 로스코가 문 가까이 다가가면 그들은 유혹의 강도를 높였다. 그의 그림들을 더 비싼 값에 사주고 더 근사한 장소에 그림을 걸게 해주고, 더 멋진 묘지를 만들어 주겠다고. 그는 자주 흔들리고 많이 갈등했다. 카프카의 《소송》에 나오는 요제프 K가 그랬던 것처럼.

로스코는 그림을 위해 더 넓고, 더 공공적인 장소와 더 효과적인 조명을 원했다. 그러나 그보다 더욱 절실히 원했던 것은 관람자와의 '더 가까운 거리'였다. 작품과 그 작품을 보는 사람 사이의 더 가까운 거리. 그것은 현실의 인간이 각자 자신이 꿈꾸는 이상의 세계와 더 가까워질 것을 소망하는 간절한 기도 같은 것이기도 하리라. 로스코의 작품이 전시된 미술관에 가면 로스코의 방에서 그가 원했던 바로 그 45센티미터 거리에서 그의 작품들을 감상할 수 있을 것이다. 그러나 그곳까지 가는 길은 여전히 멀다. 로스코의 방은 우리에게 아직 멀고, 그의 그림도 우리에게서 멀리 떨어져 있다.

얼마전 서울 예술의 전당 한가람미술관에서 마크 로스코 전(2015. 3. 23~6. 28)이 열렸다. 유명 인사의 추천사와 연예인들의 감탄사가 가득한 입구에서, 문득 슬픔을 느꼈다. 그의 작품들을 45센티미터 거리에서 볼 수는 있었는데, 밀려오는 관람객들의 어깨에 자꾸 부딪혔다. 어둠이 드문 도시, 너무 많은 사람들 속에서 로스코의 색채는 빛을 잃었다. 그의 작품들은 휴식이 필요해 보였다.

문이 열리고, 들어가보면 막상 아무것도 없다. 또 다른 문과, 그 문을 지키는 또 다른 문지기를 만나게 될 뿐.

K는 아무 말도 하지 않았다.
그는 놀란 시선으로 눈 하나 깜빡하지 않고
이 정신 사나운 인간을

멍하니 바라볼 뿐이었다.
그동안 무슨 일이 있었기에 이자가
이렇게 돌변할 수 있단 말인가!
그를 이리 굴리고 저리 굴려
누가 친구이고 누가 적인지
알지 못하게 하는 게 바로 소송이 아닐까?
변호사가 일부러 그에게 굴욕감을 느끼게 하고,
그럼으로써 이번에 K 앞에서
자신의 권력을 뽐내서 어쩌면 K까지도
복종하게 만들려는 의도밖에 없다는 걸
그는 보지 못하는 걸까?

– 프란츠 카프카 《소송》 중에서

Pablo Neruda

& Romain Rolland

15

절망을 노래하라

파블로 네루다,
로맹 롤랑의 《장 크리스토프》를 읽다

북위 37도보다 조금 더 위쪽에 자리한 도시에 살고 있는 나는 남반구의 땅과 그곳의 자연에 관해서는 아는 게 거의 없다. 노르웨이의 숲에 대해선 가끔 생각해봤어도 칠레의 숲은 한 번도 생각하지 못했다. 그러던 어느 날 네루다 회고록《사랑하고 노래하고 투쟁하라》(민음사, 2008)의 첫 장을 펼쳐 읽다 칠레의 숲을 상상했다. 그는 칠레의 숲 속에 들어가보지 못한 사람은 이 세상을 안다고 할 수 없으며, 자신의 삶은 그 땅에서 그 흙에서 그 침묵에서 태어나 세계를 누비며 노래한 삶이었다는 말로 회고록의 첫 장을 열고 있었다.

노래는 힘이 세다

글쎄, 과연 그럴까. 자신이 태어난 땅과 자신에게 부여된 환경을 열렬히 긍정할 수 있을 만큼 그가 산 시대가 아름다웠던 것은 아닐 텐데. 그가 태어난 땅의 문명은 척박했고 그 흙은 지옥처럼 검고 절망의 냄새를 풍겼다. 그가 침묵이라 일컬었던 것은 무지와 두려움, 체념과 굴종의 다른 이름이다. '세계를 누볐다'고 표현한 그의 일생은 추방당한 망명자로 정처 없이 떠돌아다닌 세월에 대한 위장이다. 그렇다. 네루다의 적들은 그리 말할 것이다.

그러나 네루다(Pablo Neruda, 1904~1973)는 지지 않았다. 사람들은 너무도 흔하게 승리를 말하고 그것을 꿈꾸지만 이기는 것보다는 굴하지 않는 것이 더 중요할지 모른다. 우리에게 그 사실을 알려주고 떠난 사람들이 많이 있다. 네루다는 좀 더 특별하다. 그는 현실의 절망을 노래로 만들었다. 그의 시를 노래하는 사람들은 슬픔과 절망에 물들지언정 그로 인해 쓰러지지는 않는다. 그의 시가 있는 한 지구상의 순결한 영혼들은 오래 길을 잃을지라도 결코 멸종되지는 않을 것이다.

네루다의 책

희망이 높다는 것은 발 디딘 현실이 그만큼 낮은 자리에 있다는 것이다. 적어도 그렇게 느끼고 있다는 얘기이긴 할 것이다. 적도 부근에 사는 사람들에겐 내일이라는 말, 희망이라는 말이 없다고 한다. 그들에게 하늘은, 천국은 너무도 가까운 것이어서 일부러 무언가 높은 곳을, 먼 미래를 생각하지 않아도 된다. 그러나 현실이 지옥 같은 사람들에겐 희망이 필요하다. 그것은 오늘을 버티게 하는 한 알의 진통제와도 같다. 하늘이 까무룩하게 멀고 날씨가 음산한 지역에서 학문과 예술이 고도로 발달하는 것도 바로 그런 까닭일지 모르겠다. 취하고 열광하고 끊임없이 얘깃거리를 만들어내야만 우울을 떨쳐낼 수 있으니까.

칠레의 시인 네루다가 특별한 것은 사람들에게 값싼 위로를 주거나 경탄을 얻으려고 시를 쓴 것이 아니라는 점이다. 그는 희망을 말하지 않았다. 위정자들이 사탕발림과 무력으로 민중을 속이고 약탈하는 동안 그는 낮은 목소리로 절망을 노래했다. 그가 유난히 절망에 예민한 것은, 그렇다. 일찍이 그가 읽은 책 때문이었을 것이다. 도스토옙스키와 체호프는 그가 가장 사랑한 작가였다. 들여다보고 싶지 않은 인간 본성과 인간 사회의 하수구를 치밀하게 탐색한 러시아 작가들의 문학에는 영혼을 전율시키는 짙은 아름다움이 있었다.

학창 시절, 네루다는 도서관과 선생님의 서재에서 책을 빌려 읽었다. 도서관과 스승은 절망을 체험하기에 얼마나 좋은 대상인가! 도서관에 가면 알 수 있다. 내가 생각했던 이야기는 이미 다 씌어졌으며 내가 상상도 못한 이야기들은 평생을 걸쳐 읽어도 다 못 읽을 만큼 많다. 스승은 늘 내 부족함을 일깨우는 존재이니 또한 그러하다. 가르침을 받으면 받을수록 내가 스승에 대해 아는 것보다 스승이 나에 대해 아는 것이 더 많아진다. 절망스럽다. 네루다가 평생 시인으로 살며 세상과 싸울 수 있었던 것은 일찍이 그런 절망을 다루는 법을 배웠기 때문인지도 모르겠다. 그 방법을 가르쳐준 책은 로맹 롤랑의《장 크리스토프》다.

구명보트에서 읽은《장 크리스토프》

산티아고에서 대학을 다니던 스무 살 시절, 네루다는《황혼일기》라는 제목의 첫 시집을 펴냈다. 물고기가 헤엄을 치듯 술술 써 내려갔다는 그 시집에 스무 살 시인은 대단한 자신감을 갖고 있었다. 그런데 마술사 친구의 한마디가 그에게 충격을 주었다. "카를로스 사바트 에스카르티의 영향을 받은 것은 아니지?" 네루다는 당장 에스카르티에게 편지를 보내 자신의 시가 그의 영향을 받았는지를 물었다. 에스카르티는 칭찬을 하면서도 자신의 시와 비슷한 데가 있다는 내용의 답장을 보내왔다. 그는 이 편지를 받은 뒤로 더 이상 영감에 의지한 시를 쓰지 않겠다고 다짐한다.

영감과 기교를 버린 그는 의도적으로 문체와 표현이 아닌 이성에 의지해 시를 쓰기로 마음먹는다. 그 후 탄생한 시집이《스무 편의 사랑의 시와 한 편의 절망의 노래》다. 청춘의 열정과 칠레 남부의 향기가 담긴 이 시집에는 연애시가 가득하다. 마지막으로 추가된 〈한 편의 절망의 노래〉가 없었다면 이 시집의 생명력은 반감되었을 것이다. 그는 강물에 젖은 통나무와 부러진 널빤지가 떠다니는 낡은 부둣가의 구명보트 위에서 이 시를 썼다고 했다. 로맹 롤랑(Romain Rolland, 1866~1944)의《장 크리스토프》를 읽은 직후였다. 네루다의 자서

전에는 이 순간이 자세히 묘사돼 있다. 한 손에는《장 크리스토프》, 다른 한 손에는 막 써 내려간 시를 들고 그는 하늘에라도 닿을 듯 잔뜩 고양되었다고 한다.

난파선의 잔해가 둥둥 떠다니는 부두, 좁은 구명보트에 몸을 실은 채《장 크리스토프》를 읽고 절망의 시를 썼다는 네루다. 그는 사랑을 아는 청춘이고 자신의 영감에 속아 절망한 신출내기 시인이었다. 그는《장 크리스토프》를 읽으며 소설 속의 음악가 장 크리스토프의 길을 따라 긴 여행을 했다. 그의 길에는 연속되는 절망이 있었다. 장 크리스토프는 묵묵히 그 길을 간다. 절망은 길을 열어주기도 하고 가차 없이 문을 닫아걸기도 하지만 분명한 것은 장 크리스토프가 어찌 됐건 길을 멈추지 않고 갔다는 것이다.

미래는커녕 당장 내일조차 없을지라도 장 크리스토프는 절망을 똑똑히 응시하며 한 걸음씩 나아갔다. 그 절망의 끝에 낙원이 있을 거라는 달콤한 상상 따윈 필요치 않았다. 희망을 믿지 않는 염세주의자가 장수하는 것은 절망에 단련되어 충격에 대한 내성이 강해져서인지도 모른다. 네루다는 장 크리스토프에게서 그런 자세를 배운 것 같다. 감성은 한없이 섬세하지만 현실의 절망에 대해서는 무딘 장 크리스토프, 그리고 네루다. 어떤 절망도 두 눈으로 응시할 용기가 있었고, 아무리 대단한 힘이 흔들어댄다 해도 굴종의 용의가 없으므로 무릎 꿇을 필요가 없었다. 스스로에게 떳떳한 자는 두려울 것이 없으니. 네루다가《장 크리스토프》를 읽고〈한 편의 절망의 노래〉를 썼던 그 부둣가의 구명보트는 시인의 영혼을 구명해준 생명의 배가 아니었을까.

그가 위대한 것은 절망을 바라보고, 그것을 얘기하고, 마침내 노래했기 때문이다. 희망을 노래하는 것은 쉽다. 그러나 그것은 거짓이기 쉽고 기만에 더 가깝다. 절망을 노래하는 것은 쉽지 않다. 고통스럽다. 그러나 시인은 그 고통을 기꺼이 감내한다. 시인의 가슴을 통과한 절망은 아름다움으로 옷을 갈아입고 대지에 생명력을 불어넣는다. 그것은 밝은 내일을 보장하지는 않지만 적어도 절망에 영혼을 팔지 않을 용기를 불어넣을 것이다. 그가 사랑한 땅과 민중들은 그의 시로 노래를 부르며 자존감을 지킬 것이다. 마법에 걸린 오빠들을 구하기 위해 쐐기풀을 맨발로 짓이겨 실을 자아 옷을 만들었다는 공주 이야기가 떠오른다. 네루다도 쐐기풀 같은 현실을 가슴으로 품어 노래를 자아냈다. 네루다는 말했다. "나는 다만 종소리와 굽이치는 기복과 이름을 따라갈 뿐이다. 특히 이름을 따라간다. 이름에는 큰뿌리와 잔뿌리가 있고 공기와 기름기가 있고 역사와 오페라가 있으며 그 음절에는 피가 흐르기 때문이다."

지금 내가 따르는 이름들은 무엇인가. 그 이름들의 주인은 누구인가. 네루다가 칠레의 숲을 사랑하듯 우리가 사랑해야 할 땅에 대해서도 다시 질문을 던져본다.

> 대지는 어둠에 잠겨 있었고, 하늘은 아직 환했다. 별이 반짝이기 시작했다. 강의 잔물결은 강가에서 찰싹거렸다. 소년은 황홀경에 젖었다. 조그만 풀줄기를 보지도 않고 씹었다. 귀뚜라미 한 마리가 곁에서 울고 있었다. 졸음이 오는 것 같았다….

별안간 어둠 속에서 고트프리트가 노래했다. 가슴속에서 울리는 목소리라고나 할, 가늘고 어렴풋한 음성이었다. 조금만 떨어져도 들리지 않았을 것이다. 그러나 그 노래에는 사람을 감동시키고도 남을 성실성이 있었다. 생각하는 것이 그대로 노래가 되어 나오는 것 같았다. 투명한 물을 통하듯이 이 음악을 통해서, 그의 마음속 깊은 곳까지 들여다볼 수 있을 성싶었다.

– 로맹 롤랑 《장 크리스토프》 중에서

Käthe Kollwitz

& Johann Wolfgang von Goethe

16

자서전보다는 일기를

케테 콜비츠,
괴테의 《시와 진실》을 읽다

김대중 전 대통령 서거 소식과 함께 그의 최근 일기의 일부가 공개됐을 때, 그 내용을 여러 매체를 통해 접하면서 나는 지난 시절 내 일기들을 떠올렸다. 어린 시절 그림일기부터 시작된 내 일기 쓰기의 역사는 중학교 때 마감됐다. 고등학생이 되면서부터는 더 이상 일기를 쓸 수가 없었다. 자기긍정보다는 자기부정의 추가 더 무거운 젊은 날에는 일기를 쓰기가 매우 힘들었다. 하지만 언젠가 자신의 삶을 한 발짝 뒤에서 반추할 수 있는 여유를 갖게 되는 날에는 다를 수도 있으리라 생각한다. 지나온 삶을 돌아보며 역사 속에 자신의 발자취가 스며 있는 명장면들을 재생하면서 쓰는 일기는 긍정의 에너지가 가득할 것이기에.

내 친구는 김대중 전 대통령의 일기를 이렇게 논평했다. "쫌자빽." 그의 삶에 대해선 저마다 다른 견해를 갖기 마련이나 그의 일기가 "왕창자빽"일지라도 한 자라도 더 쓰일 수 있었기를 바라는 마음은 다르지 않을 것이다.

하나 마나 한 얘기지만 만약 노무현 전 대통령이 실제 나이보다 10년 쯤 위였다면 어땠을까 싶다. 그는 너무 젊었던 것 같다. 보람과 만족보다는 후회와 비탄의 자기장에 더 강력히 반응하는 젊은 육체와 정신을 가지고는 '생각할수록 아름다운 인생'을 음미하기도, '역사는 앞으로 발전한다'는 희망적인 신념을 일기장에 수놓을 여유를 갖기도 어렵다. 그는 정치에 대한 환멸과 자신이 걸어온 길에 대한 부정의 벼랑 끝에 서서 남은 자들을 위한 마지못한 해탈의 한 페이지를 남기고 스러졌다. 사람의 생에는 젊음이 감당하지 못하는, 늙음만이 감당해내는 영역이 있는 것 같다.

케테 콜비츠의 일기

이런 생각을 하다가 문득 떠올린 것이 케테 콜비츠(Käthe Kollwitz, 1867~1945)라는 이름과 그녀가 남긴 일기장이다. 그녀가 마흔 살 무렵부터 쓰기 시작했다는 일기는 거듭된 전쟁의 포화 속에서도 살아남아 지금까지도 20세기 초반의 독일 사회와 그 시대를 산 예술가의 숨결을 생생히 전해주고 있다. 케테 콜비츠는 민주적인 사회주의 세상을 꿈꾸며 억압받는 자의 고통을 묘사했던 미술가다. 그녀의 예술은 선전선동의 예술로 각인되었고 그녀의 삶은 투쟁으로 점철되었다고 여겨지기 쉬웠다. 그러나 그녀의 일기는 다른 얘기를 한다. 그녀는 괴테적인 삶을 동경하는 부르주아지의 배경 속에 태어났고 그런 삶이 가능한 환경에서 살았다. 그럼에도 그녀는 시대와 민중의 요구에 응답하는 그림을 그리고 자신의 내면에 부응하는 조각을 만들었다. 그녀의 예술은 타인의 고통에 감응하는 감성이야말로 무너지지 않는 재능이라는 사실을 알려준다. 자신의 슬픔과 고통을 껴안은 채 모든 억압받는 이들의 슬픔과 고통에 공명하며 희망 없이도 의지를 갖고 나아간 세월을 보여주는 건 그녀의 일기장이다.

괴테의 뿌리

케테 콜비츠의 일기에는 당시 읽은 책에 대한 기록이 자주 등장한다. 간단한 감상이긴 하지만 많은 정보를 담고 있어 흥미롭다. 케테 콜비츠는 당대 작가들의 책보다는 고전을 주로 읽었는데 이는 가족이 한자리에 모여 책을 낭독하던 전통이 빚어낸 취향이었다. 특히 괴테는 그녀의 생을 관통하는 하나의 테마였다. 어린 시절 부모님의 책장에는 아름답게 장정된 쉴러와 괴테의 책이 있었고 어머니는 자식들에게 늘 괴테와 첼터, 훔볼트의 글을 읽어주었다고 한다. 그녀는 회고록에 이렇게 썼다. "괴테는 아주 이른 시기에 뿌리를 내렸다. 그 뿌리를 나는 평생 놓치지 않았다."

그녀가 얼마나 괴테에 골몰해 있었는지 두 아들을 놓고서도 괴테적인 아이와 그렇지 않은 아이를 구분할 정도였다. 괴테적인 아들은 둘째 페터였다. 페터는 부모가 간섭하지 않아도 스스로 내면이 이끄는 대로 조화로운 삶을 살 것이라고 케테 콜비츠는 믿었다. 그런데 그런 아들이 전쟁터에 나가겠다고 했다. 죽음의 전장으로 가는 아들에게 그녀는 책을 쥐어준다. 괴테의 《파우스트》다. 아들이 가는 길의 참담한 끝을 알면서도 막지 못한 어머니의 고뇌를 파우스트의 고뇌에 비할 수는 없을 것이다. 얼마 후 페터의 전사 통지가 당도했다. 그의 책도 돌아왔다. 더 기막힌 것은 20여 년 뒤, 손자 페터마저 전쟁터에서 죽었다는 사실이다.

괴테적인 아이, 그래서 각별히 사랑했던 페터를 두 번이나 앗아간 잔인한 시대. 그것이 케테 콜비츠가 산 시대다. 그래도 케테 콜비츠는 괴테라는 끈을 놓지 않았다. 그녀의 현실은 괴테적인 것과의 결별을 가리키고 있었지만 그녀는 오히려 그 끈을 더욱 꽉 붙잡았다. 슬픔을 잊지 않기 위해, 그것에 보편의 목소리를 부여하기 위해 괴테의 뿌리는 더 강해져야 했다. 그녀를 통해 무언가를 말하고자 하는 역사에 충분한 시간을 주기 위해서라도.

지금, 여기의 진실을 찾아서

케테 콜비츠가 괴테를 사랑한 것은 내면의 조화로움을 추구함과 동시에 창작력을 잃지 않으려는 예술가의 본능 때문이었던 듯하다. 사실 괴테는 항상 그녀가 외면했던 방향에 서 있었다. 18세기의 괴테와는 달리 20세기의 케테 콜비츠는 괴테처럼 의학, 생물학, 지질학 등 다양한 주제에 폭넓은 관심을 가질 수는 없었다. 그녀는 아내이자 어머니였다.

전쟁은 멈추지 않고 억압받는 자들의 고통은 날로 심해져갔다. 그녀는 우선 자기감정에 엄격해져야 했다. 작품으로 표현할 수 없는 감정은 엄격히 제한했다. 표현할 수밖에 없는 절실한 것이 아니라면, 널리 알려 세상과 나눌 만한 것이 아니라면 의미가 없다고 여긴 것이다. 분명히 존재하지만 아직 밖으로 보여지지 않은 것, 혹은 덜 보여진 것, 매우 절실하지만 드러나지 않은 것들에 목소리를 부여하는 것이 그녀가 추구한 예술이었다. 모든 사물과 현상 뒤에는 더 높은 이념이 있고, 그 종국에는 신이 있다고 말했던 괴테와는 전혀 다른 방향이다.

괴테의 자서전《시와 진실》은 괴테와 자신의 차이를 보다 객관적으로 바라볼 수 있게 해주었다.《시와 진실》은 노년의 괴테가 젊은 날을 회고하며 쓴 소설적 자서전이다. 노년에 이른 괴테는《시와 진실》을 통해 과거를 촘촘한 기억의 체에 내리고는 좋았던 일과 그렇지 않았던 일을 면밀히 구분하여 자세하게 보고했다. 미숙한 행동들도 솔직하게 드러냈지만 그 이면에는 확신에 찬 자기긍정이 있었고 무엇보다도 교양을 쌓기 위해 쏟은 열성을 집중적으로 묘사했다. 과거에 대한 강렬한 애정으로 젊은 시절을 화려하게 장식하고자 했던 것이다. 케테 콜비츠는 거기에 괴테의 진실은 없었다고 일기에 썼다. 괴테의 자서전에 나오는 청년에게서는 전도유망한 젊은 천재를 떠올릴 수는 있지만 청년 괴테는 없다는 것이다.

머리는 뜨거우나 가슴은 식어버린 늙은 괴테의 회고록《시와 진실》을 읽은 케테 콜비츠는 노년의 회고보다는 그날그날의 생활을 기록한 일기나 편지가 한 인간의 진실한 얼굴을 더 잘 보여줄 수 있음을 깨닫는다. 이후로 그녀는 일기장을 친구로 삼아 그날그날의 모든 것을 털어놓는 데 더욱 정성을 기울였다. 여백 없이 고른 필체로 채워진 열 권의 두툼한 일기장에는 주저하거나 고친 흔적이 없었다고 한다. 언제나 지금, 여기의 진실을 말하고자 했던 케테 콜비츠는 자신의 일기장을 통해 지금까지도 그때, 그곳의 진실과 그녀의 예술 세계를 환히 비춰주고 있다.

괴테적인 것과 케테 콜비츠적인 것

"운명이 카드를 뒤섞어놓으면 우리는 그대로 끌려갈 뿐이다"라는 쇼펜하우어의 말로 어느 우울한 날의 일기를 대신했던 케테 콜비츠. 그녀의 세계관은 염세적이고 분위기는 대체로 우울하다. 그런 케테 콜비츠가 일흔일곱 해를 살았다. 세상을 비관하는 동시에 타인의 슬픔에 공명할 줄 아는 가슴을 지닌 이가 지구에 오래 머문다는 것은 축복이다. 그런 이가 가져간 어둠은 세상에 빛을 더한다. 슬픔에 단련되어 죽음을 두려움 없이 응시할 수 있는 자의 노년은 평온하고 지혜롭다.

케테 콜비츠의 노년이 그랬다. 그녀는 눈앞으로 다가온 종전을 보지 못하고 눈을 감았지만 달리 생각하면 '전쟁의 끝을 목전에 둔 안타까운 죽음'은 '전쟁이 끝에 이를 때까지 충실히 살아낸 의지적 생'의 끝에 붙여진 사족일 뿐이다.

괴테적인 것이 방대하고 확신에 찬 교양의 앙양이라면 케테 콜비츠적인 것은 그 반대다. 결코 미래를 낙관하진 않지만 그 가녀린 어깨 위에 짊어진 시대의 아픔을 끝까지 내려놓지 않으려는 어머니의 고집. 그것이 케테 콜비츠적인 것이다. 괴테의 눈이 그가 원하는 진리를 찾으려 세계를 향해 부릅뜬 눈이라면 케테 콜비츠의 눈은 무언가를 보려 하기도 전에 슬픔과 고뇌로 가득 차버리는 눈이다. 그러나 결코 눈물을 떨구지는 않는다.

참혹한 세상과 억압받는 자의 고통을 외면하지 않고 끝까지 응시하며 그들의 신음에 당당한 목소리를 부여한 케테 콜비츠. 나는 훌륭하게 빚어진 교양과 명예, 신에 대한 열정으로 빛이 났던 괴테의 화려한 노년보다 다소 빛이 바래고 감각이 무뎌졌을지라도 시대의 아픔을 끝까지 함께하고자 했던 케테 콜비츠의 어두운 노년에 더 많은 매력을 느낀다. '좀 더 빛을 달라'고 외쳤던 괴테의 마지막 말보다 '이제 내 시대는 끝이 났다'고 말한 케테 콜비츠의 마지막 말이 훨씬 그윽하게 다가온다. 캐테 콜비츠적인 삶과 죽음이 괴테의 그것보다 덜 가치롭다고 말할 수는 없다. 내가 살고 있는 이 세상은 신의 자비보다 인간들의 연대가 더 필요한 세상이라 생각하기 때문이다.

우리가 모두 짊어져야 하는 인간 공통의 운명은
정신적으로 일찍, 폭넓게 성숙한 사람에게는
어려운 짐이 된다. 우리는 부모나 친척들의 보호를
받고 자라고 형제 또는 친구들에게 의지하기도 하고
아는 사람들에게서 즐거움을, 애인에게서 행복감을
맛보기도 한다. 그러나 인간은 결국 마지막에는
자기 자신으로 돌아가게 되어 있다. 하느님 역시
인간의 신앙, 신뢰, 사랑에 언제나 대답해주지는 않고,
특히 긴박한 순간에는 더욱 그렇다.
나는 어려서부터 도움이 필요한 순간인데도
사람들이 "의사야, 네 병부터 고쳐라!"라고
소리치는 것을 들었고, 때로 비통한 생각에 잠겨
"나 혼자서 포도주를 짜는구나!"라고 탄식한 적도 많았다.
나는 내 독립성의 근거를 찾아보았으며,
그 확실한 기반으로 나의 창조적 능력을 발견하게 되었다.
이 재능은 수년 전부터 한순간도 나를 떠난 적이 없었다.
낮에 눈으로 본 것이 밤중에 꿈으로 나타나는 적이 많았다.
그리고 다시 눈을 뜨면 완전히 새로운 것의 전체,
또는 과거 일의 일부가 눈앞에 나타나기도 했다.

대개 나는 모든 것을 이른 새벽에 썼다.
그러나 저녁이든 한밤중이든 술이나 사교로

생기가 돌게 되면 무엇이든 원하는 대로 쓸 수가 있었다.
특별한 계기만 있으면 언제든지 가능했다. 그리고 나의 타고난
이 재능을 생각해 볼때 그것은 완전히 내 것으로,
외부에 의해 조장되거나 방해받는 것이 아니므로
나는 여기에다 내 전 존재의 기반을 세우고자 했다.
이런 생각은 형상화되었으며 프로메테우스라는
과거의 신화적 인물이 내 머리에 떠올랐다.
(중략)내 작품은 프로메테우스가 손수 인간을 만들어
미네르바의 도움으로 인간에게 생명을 불어넣어
제3의 왕국을 세워 제우스나 그 외의 다른 신들에 맞서고자 한
충돌을 서술하는 것이었다. 세상을 현재 지배하고 있는 신들은
거인과 인간 사이에 끼어든, 바람직하지 않은 존재로
생각할 수도 있기 때문에 고통을 당할 근거가 충분한 셈이었다.

– 괴테 《시와 진실》 중에서

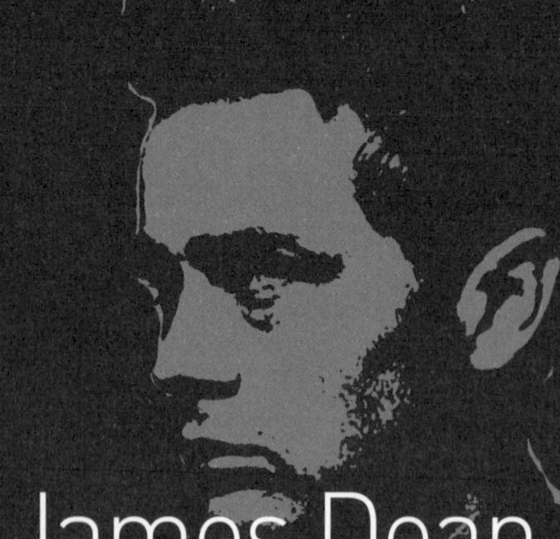

James Dean

& William Shakespeare

17

지속가능한 반항을 위하여

제임스 딘,
셰익스피어의 《햄릿》을 읽다

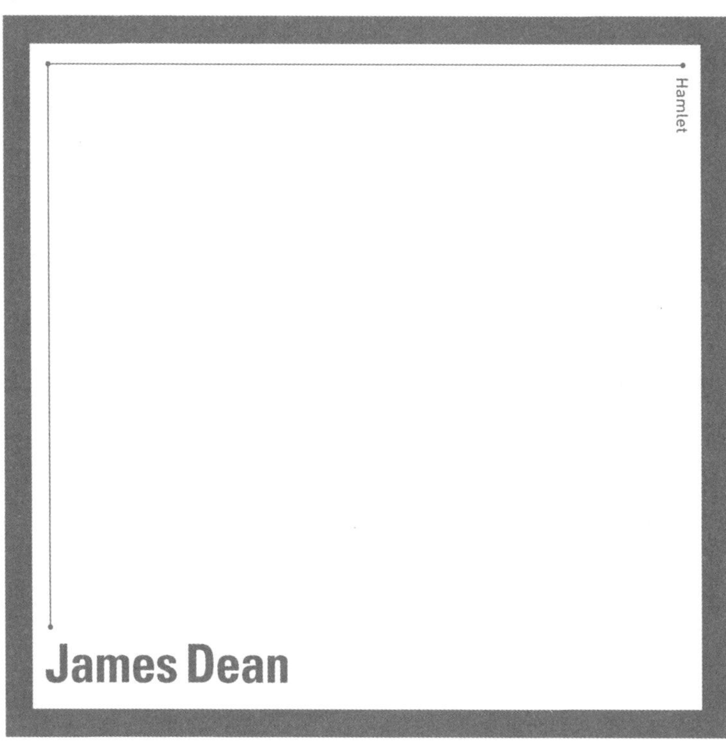

제임스 딘(James Dean, 1931~1955)이 주연한 영화 〈이유 없는 반항〉은 명성만큼 재미있는 작품은 아니다. 하지만 이 영화는 잊혀간 사춘기의 방황과 혼란의 시간을 고스란히 재생시켜놓는 마력이 있다. 어깨를 잔뜩 웅크린 채 눈썹에 한껏 힘을 주고 있지만 춥고 불안해 보이는 표정, 빨간 윈드브레이커와 청바지를 입은 제임스 딘의 시절이 내게도 있었다. 그때 남자아이들이 흉내 내려던 게 바로 제임스 딘이었다는 걸 알겠고, 제임스 주디에게서는 패거리에서 밀려나지 않으려고 원치 않는 일을 자처하면서 밤잠을 설치던 내 지난날을 마주하게 되는 것이다.

전설의 제임스 딘

영화 〈이유 없는 반항〉은 제임스 딘이 불의의 사고로 세상을 떠난 후 개봉되어 폭발적인 반응을 불러왔다. 다시는 돌아오지 못할 길을 떠나버린 스타에 대한 안타까움과 그리움, 그에 대한 대중들의 열광이 쉬이 가라앉지 않는 것은 그와 함께한 혹은 그가 보여준 시간과 공간에 대한 저마다의 추억과 회환들이 뒤섞여 있기 때문일 것이다. 제임스 딘은 어리고 미숙한 남자를 연기했고, 그 남자는 자기 자신이었다. 그가 출연한 세 편의 영화에는 그의 삶이 담겨 있으며, 그에 대한 기록들도 그가 스크린에서 펼쳐 보인 모습을 위주로 재구성됐다. 그의 이름을 딴 수많은 제품들도 마찬가지다.

제임스 딘이라는 이름은 개성, 젊음, 반항, 욕망 그리고 고독을 상징한다. 짧은 생을 압축적으로 산, 그러나 누구보다 강렬한 인상을 남기고 떠난 제임스 딘. 독서와 제임스 딘은 어쩐지 어울리지 않는 듯하지만 검은 뿔테 안경을 쓰고 시를 읽어 내려가는 것 또한 그의 일상이었다. 그를 스쳐간 책들은 무엇이었을까. 읽은 책의 목록이 그 사람의 전부를 설명하지는 못하지만 책이 한 인간의 고민과 질문들 그리고 꿈과 이상에 가장 가까이 교감하는 사물임은 틀림없다.

제임스 딘의 서재

제임스 딘이 자기만의 공간을 갖게 된 것은 1953년, 그의 나이 스물두 살 때다. 뉴욕의 웨스트 68번가 19층 꼭대기, 하녀의 방이었던 아주 작은 방이 제임스 딘의 첫 아파트였다. 텔레비전과 연극 무대에서 경험을 쌓아가던 제임스 딘은 1952년 〈재규어를 보라〉라는 연극에 출연해 번 돈으로 독립된 공간을 마련하게 된다. 그의 첫 보금자리는 아주 단순했다. 접는 침대와 피아노 의자가 딸린 작은 책상 외에는 가구가 하나도 없었고, 커튼도 카펫도, 텔레비전도 없었다. 그 공간에 공을 들인 것은 책과 음반을 기하학적으로 쌓은 벽이 전부였다.

두툼하고 어려운 내용이 담긴 학술서적과 문명을 다룬 문고판 책들 그리고 클래식 음반들을 사 모았던 것으로 보아 제임스 딘은 지적 호기심과 교양에 대한 욕구가 매우 강했던 모양이다. 고향에선 '하기 싫은 것은 절대로 시킬 수 없는 아이'로 기억되던 그는 어느새 손에 닿지 않는 것들을 갖기 위해 부단히 노력하는 뉴요커가 된 것이다. 하지만 주변 사람들의 증언에 따르면 그는 그가 지닌 책들의 서문을 벗어나는 경우가 드물었다고 한다. 이것저것 뒤적이다 싫증이 나면 피아노, 무용, 봉고 연주 등 다양한 방면으로 고개를 돌렸다. 비록 책을 제대로 읽지는 못했을지라도 그것이 과거와 미래를 이어주는 가교 역할을 한다는 사실은 제임스 딘도 충분히 알고 있었을 것이다.

뉴욕에서 인기배우로의 발돋움을 시작한 그는 지식을 빨리 축적하여 현학적 지성을 과시하고 싶은 욕망에 휩싸였음이 분명하다. 가까웠던 음악가 레너드 로젠만은 키르케고르의 《공포와 전율》을 들여다보던 제임스 딘을 기억했고, 친구 빌 배스트는 헤어질 때 제임스 딘의 메모가 담긴 잉드레 보부아의 책을 선물로 받았다고 했다. 연인이었던 디지는 그와 생텍쥐페리의《어린 왕자》에 대해 토론했던 추억을 갖고 있었다. 제임스 딘은 고등학교 시절에 처음 읽었던 생텍쥐페리의《어린 왕자》를 항상 지니고 다녔으며 자신을 어린 왕자와 동일시했다고 한다. 어린 왕자와 제임스 딘. 그러고 보면 둘에게는 공통점이 있다. 아직은 미완의 존재임에도 질문에 대답해주고 애정을 쏟아주며 길을 일러줄 부모가 없었다는 점이다.

제임스 딘을 키운 대리아버지들

아홉 살 때 어머니가 세상을 떠난 이후 제임스 딘의 아버지는 아들을 누이네 집에 맡기고 재혼했다. 부모에게 버림받은 불안한 어린 영혼은 성인이 된 후에도 제임스 딘의 마음 한가운데에 그대로 자리하고 있었다. 제임스 딘은 냉담한 아버지를 대신해줄 존재를 원했다. 그래서 의식적으로든 무의식적으로든 대리아버지 역할을 해줄 사람들을 찾아 헤맨다. 고등학교 시절에는 젊은 목사 드 위어드가, 샌타모니카시립대학 시절에는 드라마 선생 진 닐슨 오웰이, 사회에 나와서는 CBS의 광고 담당자였던 로저스 브래킷이 그런 역할을 해주었다. 음악가 레너드 로젠만, 친구 빌 배스트에게서도 아버지를 느끼곤 했다.

목사 드 위어드는 외로운 소년 제임스 딘에게 음악이 흐르고 예술서적이 가득한 서재를 제공했고 드라마 선생 진 닐슨 오웰은 제임스 딘을 위해 개인과외를 해주었다. 로저스 브래킷은 여러 사람을 소개하고 일자리를 알선해주었다. 뉴욕에서 함께 하숙했던 극작가 빌 배스트는 그에게 문학적 소양을 심어주었다. 음악가 레너드 로젠만에 대한 신뢰는 절대적인 것이어서 그가 언급한 책은 무조건 사들였다고 한다. 이들 가운데 배우 제임스 딘에게 가장 깊은 영향을 미친 대리아버지는 샌타모니카시립대학 드라마클럽을 이끌었던 진 닐슨 오웰이었다고 할 수 있다.

진 닐슨 오웰은 제임스 딘에게 셰익스피어의 희곡《햄릿》을 건넸다. 햄릿의 장황한 독백이 딘의 발음 교정에 효과가 있을 것이라 여긴 것이다. 제임스 딘은 오웰과 함께 대본을 읽어나가는 개인레슨을 통해 배우인 자신과 극중 인물인 햄릿이 하나로 합쳐지는 체험을 한다. 그는 햄릿을 통해 자신의 문제-부모로부터 버림받은, 무엇을 해야 할지 혼란스러운-를 깊이 사유하게 됐고, 그러면서 설명할 수 없었던 감정들의 정체를 발견했다. 제임스 딘의 연기의 뿌리는 오웰과 함께 연습했던《햄릿》의 낭독에서 뻗어난 것이었다.

그가 연기한 영화 속 인물들이 그토록 강렬한 개성과 오랜 생명력을 지닐 수 있었던 것은 그 인물들이 바로 제임스 딘 그 자신이었기 때문이다. 극중인물과 자신을 합치는 것, 그것이 제임스 딘의 방식이다. 셰익스피어의《햄릿》은 그의 연기 교과서이자 제임스 딘 연기의 배경이며 출처인 것이다. 햄릿에는 세 아버지가 나온다. 죽어버린 아버지, 그 아버지를 죽인 새아버지 그리고 오필리어의 아버지. 햄릿은 고뇌한다. 복수를 해야 할 것인가, 아니면 굴복해야 할 것인가. 사느냐, 죽느냐 그것이 문제로다.

THE

Tragicall Hiſtorie of

HAMLET,

Prince of Denmarke.

By William Shakeſpeare.

Newly imprinted and enlarged to almoſt as much againe as it was, according to the true and perfect Coppie.

AT LONDON,

Printed by I. R. for N. L. and are to be ſold at his ſhoppe vnder Saint Dunſtons Church in Fleetſtreet. 1605.

셰익스피어의 《햄릿》(1605년)

이유 없는 반항을 넘어서

제임스 딘의 영화에도 여러 모습의 아버지가 등장한다. 첫 번째 영화 〈에덴의 동쪽〉에 나오는 아버지는 권위적인 아버지다. 여기서 제임스 딘은 카인에 해당하는 칼 트레스크 역을 맡았다. 칼은 아버지의 애정을 얻기 위해 애를 써보지만 아버지는 단호히 거절한다. 아버지의 애정과 인정을 구하던 칼이 끝내 거절당하는 장면은 애처롭기 그지없다. 아버지는 뇌졸중에 걸려 쓰러지고서야 칼의 애정을 받아들인다.

두 번째 영화 〈이유 없는 반항〉의 아버지는 무력한 아버지다. 제임스 딘은 부모에 대해 불만이 많고 학교생활에 적응하지 못하는 짐 스타크를 연기했다. 전학 간 학교에서 버즈 일당의 도전에 고민하던 짐은 아버지로부터 조언을 얻고자 하지만 아버지는 아들에게 아무런 답을 주지 못한다. 가장의 권위를 잃은 데다 아들에게 조언조차 못 하는 무능한 아버지는 '이유 없는 반항'의 불씨를 제공한다. 하지만 그 반항의 진짜 이유는 아버지를 무력하게 만든 세상에 있는지도 모르겠다.

마지막 영화 〈자이언트〉에서는 아버지가 등장하지는 않지만 그를 고용한 농장주가 그 역할을 대신하고 있다. 농장의 머슴인 제트 링크로 분한 제임스 딘은 기득권자에게 굴하지 않고 맞서는 패기를 보여준다. 농장주는 제트를 쫓아내려 하지만 제트는 자본가의 회유를 물리치고 경제적인 고난에 맞서 끝내 자신의 땅을 지키고 성공에 이른다. 하지만 그 성공에는 애정이 결여되어 쓸쓸하다.

구시대적인 가부장, 목소리를 잃은 무력자, 착취하는 자본가로 나타난 아버지들에게 반항하는 연기를 불꽃처럼 펼쳤던 제임스 딘. 비록 연기였을지언정 그 속에 담긴 진정성을 의심하기는 어렵다. 그가 보여준 인물들은 곧 제임스 딘 자체였기 때문이다. 그의 반항은 이유 없는 반항이 아니다. '애정의 결핍'이 반항의 이유다. 아이도 어른도 아닌 미완의 그들은 급변하는 시대의 조류 속에 방치되었고 자신들의 존재를 반항의 방식으로밖에는 표현할 길이 없었다. 17세기의 햄릿에게는 깊이 고뇌할 시간이라도 있었지만 성공이라는 신기루에 쫓기는 20세기의 제임스 딘에겐 그럴 시간이 부족했다. 계속 책을 사 모았고 가끔은 펼쳐도 보지만 앞의 몇 장에 머물다 곧 다른 곳으로 시선을 돌리고 만다.

세상이 주는 것은 오해이거나 편견이거나 혹은 무관심이었다. 그가 불만을 표하면 '이유 없는 반항'이라는 딱지를 붙이고 모른 체했다. 제임스 딘은 그 모든 얘기를 스크린에 쏟아부어놓고는 일찍 세상을 떠났다. 제임스 딘의 이유 없는 반항은 불멸의 아이콘으로 남았지만 여전히 문제는 해결되지 않은 채로 남아 있다. 어쩌면 더 심각해졌는지도 모른다. 21세기의 제임스 딘들에겐 반항조차 사치다. 여전히 권위적인 아버지, 무력한 아버지, 냉혹한 자본가 아버지들이 설치지만 그 아들들은 이유 없는 반항조차 해보지 못하고 시들어가고 있는 것은 아닌지…. To be or not to be. 햄릿의 고뇌도 제임스 딘의 반항도 계속되어야 할 것이다.

사느냐, 죽느냐-그것이 문제로구나.
가증스러운 운명의 돌팔매와 화살을
그냥 참아야 하는가, 아니면 밀물처럼 밀려드는
역경에 맞서 싸워 이기는 것이 더 고귀한 행동인가.
죽는 것은 잠드는 것-그뿐이다.
일단 잠이 들면 마음의 고통과 몸을 괴롭히는
수천 가지 걱정거리도 그친다고 하지.
그게 간절히 바라는 결말이야.
죽는 것은 잠드는 것-잠이 들면-아마 꿈을 꾸겠지.
아, 그것이 문제군. 현세의 번뇌를 떨쳐버리고
죽어서 잠이 들면 그 어떤 꿈을 꾸게 될지 몰라
망설일 수밖에 없어. 이런 생각 때문에
오랜 세월 지긋지긋한 삶에 매달리지.
그게 아니라면 어느 누가
이 세상의 시달림을 참고 견딜까?

– 셰익스피어 《햄릿》 중에서

Stanley Kubrick

& Vladimir Nabokov

18

롤리타여 안녕

스탠리 큐브릭,
블라디미르 나보코프의 《롤리타》를 읽다

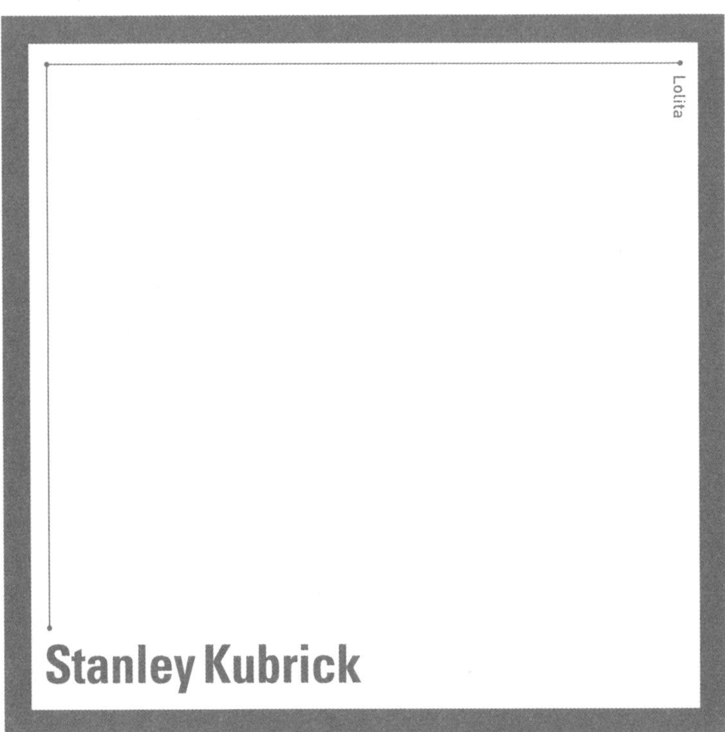

예술의 각 장르는 독립적이고 그것은 그 자체로서 충분하다. 하지만 영화는 그 모든 것을 아울러 새로운 예술을 탄생시킨다. 그런데 사진, 미술, 문학, 영화, 철학이 스크린에서 어우러지는 영화가 종합예술이라는 오늘날의 상식은 그리 오래된 것이 아니다. 영화감독치고 그를 모방하지 않은 이가 없다고 할 만큼 세계 영화사에 커다란 영향을 미치고 있는 스탠리 큐브릭 감독. 그 역시 한때 소설은 소설이고 영화는 영화라며 소설을 영화화하는 것에 대해 회의적인 입장이었다고 한다. 음악 역시 영화에서는 효과음의 역할이면 충분하다고 생각했다. 하지만 그의 필모그래피를 쫓아가다 보면 문학과 음악, 영상을 만나게 하고 거기서 더 나아가 한층 내밀한 결합을 추구했다는 걸 알 수 있다.

도망자의 책

스탠리 큐브릭(Stanley Kubrick, 1928~1999)은 자신의 사회적 관심, 과학기술, 형이상학적 도덕관념을 한데 엮어 미학적으로 형상화하는 데 귀재다. 특히 "좋은 소설의 각색에 반대한다"고 했던 평소의 소신을 스스로 뒤엎은 〈롤리타Lolita〉는 그의 영화 인생에 있어 가장 중요한 작품이라 할 수 있는데 그는 이 영화를 통해 영화 연출가에서 예술가로, 탁월한 테크니션에서 위대한 크리에이터로의 전환을 이루게 된다. 뛰어난 기술자로 사는 것과 훌륭한 작가로 사는 것은 백지 한 장 차이만큼 사소한 변화일지 모르지만 인류에게 그것은 예술의 역사를 바꾸는 커다란 변화의 단초가 되기도 한다. 그 변화의 시작은 스탠리 큐브릭이 헐리우드에서 도망치는 것으로부터 비롯되었다.

헐리우드 영화제작 시스템 아래에서 성실한 연출자로 일하던 그는 어느 날 창작의 자율이 없는 제작시스템에 회의를 느끼고 유럽으로 달아난다. 그 길에서 한 권의 책을 만나게 되는데, 바로 이 책이 헐리우드 워커홀릭이던 스탠리 큐브릭의 마음을 흔들고 새로운 도전의 길을 연 문제의 책이 된다. 그것은 한 망명가가 쓴 소설이었다. 그 책의 주인공도 도망자다. 도망자는 도망자가 쓴 도망자 이야기를 읽고 또 다른 도망을 꿈꾸게 된다.

오, 나의 롤리타

스탠리 큐브릭 감독의 공식 필모그래피에는 여덟 편의 영화가 존재한다. 그 시작이 되는 작품이 〈롤리타〉다. 헐리우드에서 연출한 수십 편의 영화가 있었지만 그는 〈롤리타〉 이전의 작품들을 자신의 필모그래피에 포함하길 꺼렸다. 영화 예술가로서 그의 작품 세계는 〈롤리타〉부터가 진짜란 얘기다.

〈롤리타〉는 러시아 출신의 작가 블라디미르 나보코프(Vladimir Nabokov, 1899~1977)의 영어 소설 《롤리타》를 그 원작으로 하고 있다. 블라디미르 나보코프는 열 살 때 가족과 함께 볼셰비키 혁명을 피해 독일로 망명한 이후 세계를 떠돌았다. 그 뒤 나치 체제에서 벗어나고자 파리로 도망했다가 마흔 살 되던 해에 미국으로 건너갔다. 저널리스트이자 작가였던 그는 미국 시민으로, 미국 작가로 인정받기 위해 영어로 소설을 쓴다. 하지만 그가 야심차게 써 내려간 《롤리타》는 미국의 출판사들에 거절당해 출간할 수 없었다.

《롤리타》의 주인공 험버트는 중후한 외모의 불문학 교수다. 그는 하숙집의 어린 소녀 롤리타에게 매혹된다. 롤리타와 좀 더 가까이 있고 싶은 마음에 그녀의 어머니 샬롯과 결혼한다. 샬롯이 불의의 교통사고로 죽자 그는 롤리타를 데리고 긴 여행을 떠난다. 롤리타와 험버트의 여행은 쉽지 않았다. 험버트는 늘 누군가가 자신을 미행하고 있다는 불안감에 시달렸다. 롤리타는 의붓아버지의 광적인 집착에서 벗어나고 싶어 하지만 한편으론 그의 보호를 필요로 하는 모순된 상황에 놓여 있었다.

롤리타에 관한 한 험버트의 행각은 변태적이고 반도덕적이고 파렴치하다. 결국 롤리타는 험버트를 떠난다. 험버트는 자신에게서 롤리타를 빼앗아가서 이용하고 다시 버린 퀼티라는 사람을 찾아가 죽인다. 그가 롤리타를 사랑했던 것은 진실이었다. 사춘기 시절의 충격이 남긴 트라우마와 그녀를 사랑해선 안 되는 현실이 그의 사랑을 왜곡시켰지만 그의 사랑도 사랑이었다. 그러나 한 소녀의 삶을 망가뜨린 잘못은 용서받을 수 없다는 것을 그 자신도 잘 알고 있었다. 법원은 그에게 퀼티에 대한 살인을 이유로 35년 형을 구형한다. 감옥에서 그는 엉뚱한 병으로 죽는다. 롤리타를 향한 사랑과 그로 인한 잘못에 대해서는 아무런 처벌도 받지 않은 셈이다.

험버트는 겉으로는 너무도 그럴 듯한 인간이었으나 그의 내면에 간직된 뒤틀리고 자제되지 못한 욕망은 너무도 추악하게 드러났다. 그 욕망의 노예가 되어버렸던 롤리타는 험버트로부터 벗어난다는 것이 더 추악한 사람의 손아귀로 들어간다. 그리고 끝내는 밑바닥 삶으로 떨어지고 만다. 결국 아무도 그녀를 구할 수 없었고, 그녀를 그렇게 만든 험버트도 죗값을 제대로 치르지 못했다. 롤리타와 험버트의 이야기는 법정에서의 변론에만 남아 있을 뿐이다.

열렬히 바랐으나 거절된 소망, 자신의 의지와 관계없이 차단된 열정, 돌이킬 수 없지만 잊을 수 없는 기억으로부터 자유로운 사람은 없을 것이다. 일생을 도망자로 살지라도 붙들고픈 한 가닥 위안이 있다면 그 앞에서 너무도 쉽게 허물어지고 마는 것이 사람이다. 험버트에겐 유일한 낙이었던 롤리타. 그녀를 독점하려는 마음이 강해질수록 달아나려는 롤리타의 욕망도 커진다. 결코 포기할 수도 없고, 영원히 가질 수도 없는 롤리타. 모든 비극이 여기서 시작되는 것이 아닐까. 험버트가 롤리타에 의해 죽을 수도, 롤리타로 인해 죽을 수도 없었던 것은 더 큰 비극이다. 그 비극으로부터는 결코 달아날 수가 없다. "오, 나의 롤리타" 하고 간절히 부르고 나면 그 뒤에는 한숨뿐인 현실이 있다.

롤리타, 거절했지만 거부할 수 없는 이름

블라디미르 나보코프의 《롤리타》는 미국 출판계에 받아들여지지 않았다. 1950년대 미국의 편집자들은 모두 고개를 내저었다. 한 편집자는 이 소설을 출간하면 작가와 자신이 나란히 감옥에 가게 될 것이라고 했다고 한다. 어떤 편집자는 소설에 좋은 인물이 하나도 나오지 않는다고 불평했고, 또 다른 편집자는 로리타와 험버트의 밀월여행이 시작되는 2부가 너무 길어서 읽기가 어렵다고 했다. 결국 《롤리타》는 프랑스의 한 마이너 출판사에서 출간되었다. 그리고 약 3년 뒤 미국으로 역수출되어 대대적인 반향을 불러일으킨다.

1962년, 스탠리 큐브릭 감독이 영화화한 〈롤리타〉는 이후 확고한 베스트셀러가 됐다. 숱한 논란이 있었지만 그것은 원작의 명성을 공고히하는 역할을 했다. 당시 미국인들은 이 작품을 하나의 은유로 보기도 했다. 롤리타는 아직 미숙한 '미국'이고 험버트는 노쇠한 '유럽'이라는 것이다. 스탠리 큐브릭에게는 어떤 의미였을까. 영화를 보면

블라디미르 나보코프의 《롤리타》 초판본 표지(1955년)

금지된 대상에 대한 탐욕과 진실한 사랑은 백지의 앞뒷면과 같다고 얘기하는 그의 시각을 읽을 수 있다. 인류가 그토록 고귀하게 생각하는 '사랑'이라는 것에 그는 지독하게 회의적이다.

그럼에도 불구하고 그 어두운 면을 집요하게 탐구하는 것은 오직 롤리타를 기억하고 롤리타의 존재를 상기시키기 위해서다. 건강하면서도 퇴폐적이고 연약하면서도 포악한, 한없이 쓰다듬다가도 느닷없이 침을 뱉고 싶어지는 그런 존재. 그런 롤리타가 없다면 인간은 어딘가에서 머물려고도, 어디로든 떠나려고도 하지 않을 것이기 때문이다. 인간의 그토록 추악한 본성을, 그 끔찍하고 절망적인 면을 직시하지 않으면 미래에 대한 어떤 발전적인 구상도 공염불이 되고 만다는 것이 스탠리 큐브릭 감독이 그의 영화들을 통해 말하고 싶었던 것인지도 모르겠다.

열세 살의 선물

험버트는 열세 살의 롤리타에게 매혹됐다. 하지만 실러 부인이 되어 크리스마스에 아이를 낳을 거라는 소식을 전한 열일곱 살의 롤리타도 변함없이 사랑한다. 그녀를 처음 보았을 때부터 사랑했던 마음이 그토록 강하고 영원하다는 걸 그는 그제야 깨닫는다. 그녀는 변해도 그녀를 향한 욕망은 변하지 않는 것이다.

문득 열세 살이라는 나이를 생각하게 된다. 초등학교 6학년, 사춘기, 어른이 된다는 것의 의미도 모른 채 어른이 되고 싶은 때고, 무엇이든 쉽게 배우고 받아들이는 시기다. 스탠리 큐브릭의 일생에서 열세 살은 중요한 터닝 포인트였다. 그는 열세 살 생일 선물로 카메라를 받았다고 한다. 의사였던 아버지는 아들에게 그다지 많은 영향을 주지는 않았지만 열세 살에 카메라를 선물한 것 하나만으로도 그의 삶에 깊숙이 개입된 존재가 됐다. 그의 영화는 어느 장면에서 멈추더라도 그대로 한 장의 멋진 사진이 된다. 집중력이 부족해 "학교 성적이 가난했던" 열세 살 스탠리 큐브릭에게 미래를 열어준 것은 아버지가 선물해준 카메라였던 것이다. 그는 카메라에 매혹됐고 '카메라'로 다가온 롤리타를 평생 떠나지 않았다. 평생 카메라에 붙어 있었지만 그가 남달랐던 것은 카메라의 노예가 되지 않겠다고 마음먹고 카메라워크를 통제하기 위해 필사적으로 노력했다는 점이다. 〈롤리타〉 이후 그는 헐리우드로 돌아간다. 예전처럼 많은 작품을 하지는 않았지만 매번 세상을 깜짝 놀라게 할 작품들을 내놓았다.

열세 살 롤리타에게 험버트와의 만남은 또 다른 세계로의 확장을 의미한다. 롤리타의 불행은 험버트를 육체적으로 유혹한 데서 시작됐다. 험버트의 불행은 아직 자기 행동의 의미를 모르는 소녀의 유혹을 받아들인 데서 시작됐다. 내 것이 될 수 없는 것을 고집할수록, 나만이 가질 수 있다고 집착할수록 그 인간은 치졸해지고 그 주변은 병들어 간다. 미숙한 자의 자만이 얼마나 큰 상처를 낳는지를, 평범한 인간의 음습한 욕망이 세상에 퍼뜨리는 해악이 얼마나 심각한지를 우리 모두는 잘 알고 있다. 그러고 보니 나도 한때는 롤리타였고 지금 내가 붙들고 있는 롤리타가 있다. 나의 롤리타. 이제 그만 자유롭게 놓아주리라.

어딜 가든 내 곁에 있는 것보다는 나을 것이다.

롤리타, 내 삶의 빛, 내 몸의 불이여. 나의 죄, 나의 영혼이여.
롤-리-타. 혀끝이 입천장을 따라 세 걸음 걷다가
세 걸음째에 앞니를 가볍게 건드린다. 롤. 리. 타.
아침에 양말 한 짝만 신고 서 있을 때 키가 4피트 10인치인
그녀는 로, 그냥 로였다. 슬랙스 차림일 때는 롤라였다.
학교에서는 돌리. 서류상의 이름은 돌로레스.
그러나 내 품에 안길 때는 언제나 롤리타였다.

— 블라디미르 나보코프 《롤리타》 중에서

Leni Riefenstahl

& Hitler

19

알아도 죄
몰라도 죄

레니 리펜슈탈,
히틀러의 《나의 투쟁》을 읽다

눈빛은 단호하고, 자세는 결연하여 그 사람 앞에서 조금이라도 삐딱한 발언을 했다간 한 대 맞을 것 같다. 그래서 그 사람 앞에서는 입 다물고 있었던 적이 있었다. 앞만 보고 빠르게 걷는 그는 마주 오는 사람을 칠 태세로 걸으며 아무것도 조심하지 않는다. 가까이 다가갔다가는 그가 내뿜는 열기에 델 것만 같다. 그런 '과도한 열정'의 소유자는 인류에게 일정한 비율로 존재하는 것일까, 아니면 누구에게나 일생에 한 번, 어떤 시기에 일시적으로 나타나는 것일까?

내게도 그런 무모한 열정의 시기가 잠시라도 있었다. 그렇다면 성장 호르몬의 일종이 아닐까? 그런 열정을 일생에 걸쳐 발휘하는 사람들도 많으니 어쩌면 유전자적인 요인일지도 모르겠다. 또는 하늘이 내린 영웅이거나.

과도한 열정에 대하여

내 좁은 식견으로는 인간의 과도한 열정 에너르기는 뭔가가 심각하게 결핍되거나 그를 둘러싼 상황의 불안정함의 변성으로 나타나는 경우가 많았다. 스스로의 힘으로는 비정상적인 상황을 타개할 수가 없는데 이를 인정하고 싶지 않거나 억지로 외면하려는 심리가 그 사람을 전혀 다른 일에 몰두하게 만드는 것이다. 그것도 엄청난 에너지로. 문제는 그런 비정상적인 열정이 논리나 이성을 간단히 뛰어넘는 데다 강력한 최면성을 지니고 있고, 전파력 또한 굉장하다는 점이다. 자기 열정의 정체가 무엇인지도 모르는 채 스스로 열광하고 심취하여 주변에 그것을 퍼뜨리는 사람. 현재의 인류가 경험한 가장 비극적인 사건들도 그 시작은 어떤 이의 그런 미숙한 열정에서 비롯된 것이었다는 생각을 하면 오싹해진다.

현란함과 미숙함, 그럴듯함과 어처구니없음을 함께 지니고 있는 놀랍고도 어이없는 책이 있다. 히틀러의《나의 투쟁》이다. 이 책을 읽어보면 많은 나라의 독재 정권이 그의 프로파간다를 벤치마킹했다는 것을 알 수 있는데 심지어 내게도 히틀러가 뿌린 씨앗의 잔재가 남아 있다는 것을 느끼게 된다. 군국주의와 민족주의가 혼합된 교육을 받고 자라 아직도 그 영향에서 자유롭지 못한 지금의 내 모습. 그 안에 그의 광기에 영향 받은 흔적이 남아 있다는 것이다.

《나의 투쟁》에 투쟁하라

히틀러의 《나의 투쟁》은 지금 읽어도 솔깃한 대목이 없지 않다는 사실에 읽는 사람을 당황스럽게 하는 책이다. 이 책이 당시 독일인들에게 얼마나 대단한 영향력을 발휘했을지는 상상하기도 버겁다. 무용가가 되고 싶었던 한 건강하고 아름다운 독일 여인은 이 책으로 자신의 예술 세계를 수렁에 빠뜨리고 만다. "그녀는 언제나 그 책을 가지고 다녔어요"라는 지인의 증언이 안타깝게 다가온다. 독일의 전설과 신화에 심취했던 어린 소녀가 성인이 되어 가슴에 품은 책이 《나의 투쟁》이었다는 것, 그리고 마침내 그 주인공을 만나 그를 자기 예술의 후원자로 삼았다는 것, 이 얼마나 잔인한 운명의 장난인가.

전쟁 후 전범 재판의 피고석에 세워야 했던 건 무엇보다 히틀러의 《나의 투쟁》이었다. 무엇이 그런 구상을 낳았으며 그런 신념을 강화시켰는가를, 어째서 그토록 많은 사람들이 집단적으로 그에게 도취되었는가를 따졌어야 했다. 히틀러와 함께 영화를 만든 과거를 사과하지 않는다는 이유로 한 탁월한 예술가 레니 리펜슈탈(Leni Riefenstahl, 1902~2003)을 사회적으로 살해하기 전에 말이다. 전후 그녀에 대한 세상의 시선은 히스테릭 그 자체였다. 사람들은 그녀에게서 카메라를 빼앗고 필름을 망가뜨리고 영화의 역사에서 그녀의 이름을 지우는 일

히틀러의 《나의 투쟁》 초판본 표지(1925년)

에 열중했다. 그러나 이름은 지워졌을지 몰라도 그녀가 만들어낸 영상은 지워지지 않았다. 우리도 기억하고 있지 않은가. 베를린 올림픽에 일장기를 달고 출전한 손기정 선수의 승리 장면을. 바로 레니 리펜슈탈의 손에 의해, 그녀의 광적인 집념으로 촬영되고 편집되어 지금까지 전해지는 영상이다. 이미지는 구호보다 오래간다.

한 예술가의 삶을 망친 위험한 책

어린 시절 독일의 전래동화와 신화에 빠져 지냈던 레니 리펜슈탈은 영웅적인 테마를 좋아했다고 한다. 환상적인 영웅의 이미지에서 인간 육체의 아름다움과 로맨틱한 주제를 이끌어내어 젊은 감각을 마음껏 표출할 수 있는 무언가를 원했던 그녀는 영화를 선택했다. 무용으로 시작해 목숨을 건 산악영화에 출연하더니 직접 영화를 찍게 된 것이다.

그녀와 함께 일한 동료들은 그녀가 자는 모습을 본 적이 없었다고 한다. 동료들 가운데 유일한 여성이었지만 체력과 정신력은 누구보다 강했다. 마치 눈을 가리고 달리는 말처럼 자신의 프로젝트에 무섭게 열중했던 그녀는 자신의 영화가 중단되는 것을 막기 위해, 때론 자신의 연출 방침을 고수하기 위해 히틀러를 직접 찾아갔다. 그녀는 히틀러 정권하에서 괴벨스를 거치지 않고 히틀러와 직접 연결되는 유일한 예술가였다. 그것이 그녀를 '나치 핀업 걸'로 만들고 '히틀러의 연인'으로 불리게 만들었는지는 모르지만 레니 리펜슈탈로서는 자신의 영화를 위해 자신이 할 수 있는 최선을 다했다고 할 것이다.

무용, 연기, 영화 연출로 경력을 쌓아가는 동안 레니는 자신의 조국에서 무슨 일이 벌어지고 있는지를 자세히 알 수는 없었다고 한다. 그녀의 회고에 따르자면 그녀는 정치에 무관심했는데 그녀는 그저《나의 투쟁》이라는 책을 통해 히틀러라는 개인에 매료된 데 불과했다. 그녀는 북극에서 영화를 찍는 내내《나의 투쟁》을 곁에 두고 책 여백에 메모를 가득 써 넣었다고 한다. 북극 촬영을 마치고 돌아오던 날 히틀러의 마력적인 연설을 들었고, 수치심에 몸을 떨었던 그 순간을 잊을 수 없었다고 했다. '공동의 선이 개별의 선에 우선한다'는 히틀러의 연설은 지금껏 자신이 하고 싶은 것만 생각하며 달려온 자신을 돌아보게 만들었다나. 스스로 자부심을 가졌던 독립심조차 히틀러가 말하는 민족적 가치 앞에서는 티끌만도 못한 것으로 여겨졌던 것이다.

지난 세기, '개인은 유한하나 민족은 영원하다'는 명제만큼 인간의 피를 뜨겁게 했던 것이 또 있을까. 이 용암 같은 명제에 도취된 젊은이들이 스스로 불나방이 되어 몸을 불사른 역사를 헤아려보라. 하지만 레니 리펜슈탈은 곧 정신을 차렸다. 그녀는 자기가 하고자 하는 예술을 위해 그들 속에 있었을 뿐이었다. 하지만 전쟁이 끝나고 세상이 바뀌자 다른 예술가들처럼 망명을 떠나지 않고 독일에 남아 있었다는 사실이 그녀의 발목을 옥죄는 거대한 족쇄가 됐다. 그녀는 히틀러가 옳은 일을 하고 있음을 진심으로 믿었다고 했다. 재능 있는 자들이 자신의 역량을 충분히 펼칠 수 있도록 지원하고 다른 것에 대해서는 정보를 차단하는 것. 이것이 히틀러의 탁월함이 아니던가. 레니 리펜슈탈은 바로 그런 히틀러의 손아귀에 있었다. 그런 그녀가 히틀러와 함께했던 시간들을 객관적인, 역사적인 관점에서 바라볼 수 있게 되어 마침내 진정으로 인류의 역사 앞에 참회하길 바란 것 자체가 지나친 기대가 아니었을까. 당사자에게 객관을 요구한다는 것 자체가 인류의 역사에서는 불가능한 것인지도 모른다.

열심히 일한 것도 죄인가요?

레니 리펜슈탈과 비슷한 독일 여인을 알고 있다. 그녀는 2009년, 내게 가장 충격을 준 영화의 주인공이다. 〈더 리더〉의 한나. 그녀는 맡은 일에 열심을 다하는 전형적인 독일 여인이다. 강하고 독립적이며 성실하다. 그녀의 약점은 글을 읽지 못한다는 것이었다. 글을 읽지 못한다는 것은 앎의 세계와 떨어져 있고, 성찰과는 더더욱 거리가 멀어질 수밖에 없는 여건을 의미한다. 이 복잡하고 빠르게 흘러가는 세상에서는 문자를 외면하고서는 자신을 지킬 수도, 존재를 증명할 수도 없는데 그녀는 그냥 글을 모르는 채로, 그런 사실을 숨긴 채로 살아간다.

전범 재판에 불려나온 그녀는 '주어진 일을 열심히 했을 뿐 다른 것은 모른다'는 얼떨떨한 얼굴이다. 그녀에게 재판정은 종신형을 선고한다. 자신이 한 일이 범죄라는 것을 인정하지도 참회하지도 않는다는 점에 가중처벌이 내려졌다. 그녀는 감옥에서야 비로소 책을 펼쳐 들고 글을 배우기 시작하는데 책을 읽으면서 점차 세상에 눈을 뜨고 마침내 자신이 과거에 열심을 다바쳤던 일(수용소 관리)의 정체가 무엇이었는지를 알게 된다. 그런 그녀의 마지막 선택은, 자살이었다. 세상은 현실의 레니 리펜슈탈에게도 그런 성찰을 원한 것이었을까. 그녀가 자신의 죄를 인정하고 자살을 선택했다면 어쩌면 그녀의 예술까지 살해되지는 않았을지도 모르겠다.

그녀들은 열정을 지닌 사람들이었다. 열심히 살았지만 시대를 잘못 만나 그리되었다고 넘기기엔 우리가 해야 할 질문이 너무 많다. 자신의 삶을 성찰한 결과로 자살을 선택할 수밖에 없게 되는 앎이란 진정 가치로운 것일까. 한 개인이 자신이 한 일의 의미를 모른다면 사회는 그 무지에 대해 죄를 줄 수 있는 것인가. 죄를 줄 수 있다면 그 처벌의 의미는 뭔가. 역사적 존재로서의 자기 존재에 눈을 뜬 사람이라 해도 정녕 역사와 인류 앞에 완전히 떳떳할 수 있는가. 그런 삶이 가능하기나 한 건가.

글을 읽고 쓰며, 역사 속의 자신과 자신을 둘러싼 세계를 인지하려 하는 인간은 앎과 성찰에 목말라하는 이상 누구나 죄인일 수밖에 없다. 모르는 것이 죄라면 아는 것은 죄를 생성한다. 어차피 우리는 모두 죄인이다. 어쨌거나 지금으로서는 조금이라도 이 세상에 폐를 덜 끼치기 위해 열심히 책을 읽고 성찰하며 살아가는 수밖에 다른 선택은 없는 것 같다.

> 역사교육이야말로 교재의 압축이 필요하다. 큰 발전의 흐름을 인식하는 것이 무엇보다 중요하다. 역사교육이 이 점에 제한되면 제한될수록 더욱 각 개인에게는 나중에 이익이 되며, 또한 공동체에도 그 지식이 도움이 될 것을 기대할 수 있다. 왜냐하면 사람들은 단순히 과거에

있었던 일을 알기 위해서가 아니라, 역사 속에서 미래를 보고 자기 민족이 존속하는 데 필요한 지침을 얻기 위해 역사를 배우는 것이기 때문이다. 이것이 바로 목적이며, 역사교육은 그것을 위한 수단에 지나지 않는다.

그러나 오늘날은 수단이 목적이 되고, 목적은 아예 없어졌다. 근본적인 역사 연구를 위해서는 이들 개개의 날짜를 모두 기억하는 것이 필요하며, 그것에 의해 커다란 흐름을 분명히 파악할 수 있기 때문이라고 말해서는 안 된다. 그 흐름을 확정하는 것은 전문과학의 과제이다. 그러나 보통 사람들은 역사학 교수가 아니다. 그들에게 있어 역사라는 것은 무엇보다 먼저 자기 민족의 정치 사건에 대해 자기의 태도를 결정하는 데 필요한 역사적 통찰의 척도를 부여하기 위해 있는 것이다. 역사학 교수가 되고 싶은 사람은 후에 좀 더 근본적으로 연구에 전심하면 된다. 그런 사람은 물론 모든 것, 가장 사소한 일까지도 연구해야 한다. 그러나 오늘날 독일의 역사교육은 그들을 위해서도 충분하지 않다. 왜냐하면 오늘날의 역사교육은 보통의 평범한 인간에게는 지나치게 광범위하지만, 전문적인 학자에게는 지나치게 빈약하기 때문이다.

– 히틀러 《나의 투쟁》 중에서

Pearl S. Buck

& Herman Melville

20

체험은 논리에 앞선다
그러나

펄 벅,
허먼 멜빌의 《모비 딕》을 읽다

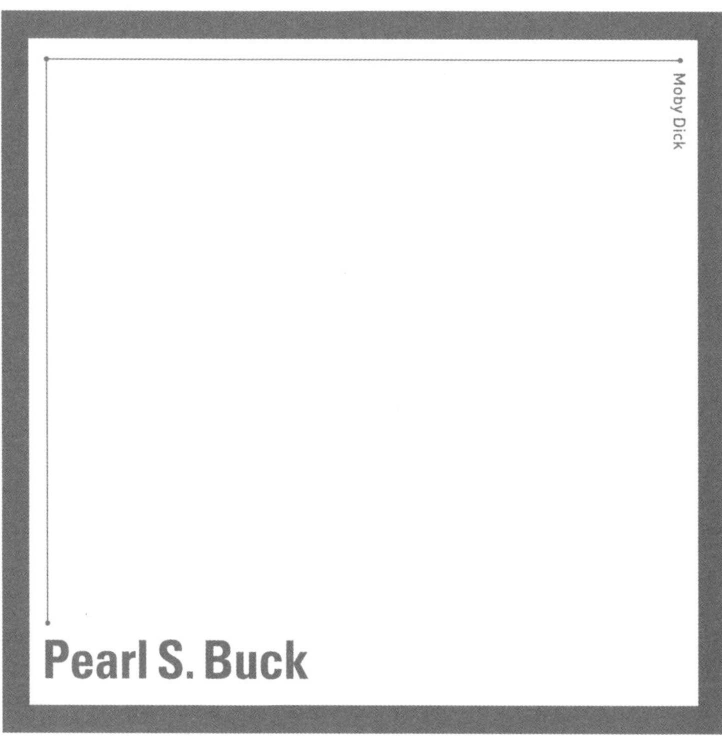

나는 그 어떤 지식이나 논리도 '체험'보다 강하지 않다고 생각한다. 그래서 한국전쟁을 몸소 겪은 사람과는 이념 논쟁을 피하고, 군대를 다녀온 사람과는 국방 예산에 대한 토론을 하지 않는다. 나는 눈물 젖은 빵을 먹어보지 않았기에 가난과 싸워 자수성가한 사람과는 부의 사회적 재분배에 대해 논하지 않는다. 직접 경험을 통해 굳어진 생각을 바꾸는 것은 육체의 일부분을 도려내는 것만큼이나 고통을 수반하는 일이라는 것을 나 역시 '경험'을 통해 알고 있기 때문이다. 자신의 삶을 통한 체험이나 직접적인 이해 관계에서 완전히 벗어난 사고와 행동을 할 수 있는 것이야말로 비범의 전형일 텐데, 작가 펄 벅은 그런 비범함을 보여준 사람이다. 어쩌면 그녀의 비범함조차도 남다른 체험을 통해 형성된 것이겠지만, 그런 체험을 한 모든 사람이 그런 비범함을 보여주지는 않는다는 점에서 어쨌거나 범상치 않은 인물이다. 그녀에게 이런 비범함을 심어준 것은 무엇이었을까. 나는 책이 아닐까 생각했지만 그것만은 아닌 것 같다. 힘겨울 때면 견딜 힘과 용기를 얻었고, 동료 작가들에게서 문학적인 영향을 받기는 하지만 직접 부딪혀 얻은 체험만큼 중요한 것은 없었다. 그녀에게 맡겨진 생활의 무게와 삶이 던지는 숙제들이 그녀를 비범함으로 몰고갔다고 말할 수도 있다. 확실한 것은 삶의 무게를 견디고 인생의 숙제를 풀어가는 과정에서 에너지의 원천으로 삼은 것은 책을 읽고 쓰는 일이었다는 것이다. 그 일은 퍼낼수록 풍요롭게 솟아나는 샘이라는 것을 그녀가 알고 그리했는지는 모르겠지만 그녀의 삶은 그런 사실을 증거하고 있다.

이해를 넘어선 이해

펄 벅(Pearl S. Buck, 1892~1973)은 돌도 안 된 갓난쟁이로 중국에 도착했다. 선교사인 아버지 때문에 유년 시절을 중국에서 보냈고, 미국으로 돌아가 대학을 마친 후 다시 중국으로 돌아갔다. 한 몸에 두 개의 조국을 갖고 있는 펄 벅. 그녀는 평생 부끄러움을 떨칠 수 없었는데, 그것은 미국 사회의 편견과 오만이 그녀를 견딜 수 없게 만들었기 때문이다. 중국에서 자라 중국을 뼛속 깊이 이해하는 그녀만의 시각이 형성

된 까닭이리라 생각을 하더라도 그녀의 경험을 돌아보면 어떻게 그런 자세를 유지할 수 있었을까 놀랍기도 하다.

1927년, 30대 중반의 펄 벅은 난징사건을 직접 경험한다. 지체장애를 앓는 딸 캐럴과 입양한 제니스를 돌보며 아내로, 엄마로, 선생님이자 작가로 눈코 뜰 새 없이 바쁜 생활을 하던 시기다. 1927년 난징은 국민당과 공산당의 내전으로 혼란에 빠져 외국인에 대한 약탈과 유혈 범죄가 끊이지 않았다. 도시 곳곳에서 외국인들이 살해되었다는 소식이 들려왔고 실제로 가까운 친구가 죽었다. 펄 벅은 중국인 하인의 집으로 피신해 숨을 죽인 채 숨었다. 단지 백인이라는 이유로 죽임을 당해야 하는 극도의 공포 속에서도 그녀는 동료들과 함께 마지막 순간에는 서로를 죽여주자는 맹세까지 했다고 한다.

그러나 곧 미국과 영국의 개입으로 벅 가족은 위기의 순간에 극적으로 구조된다. 미국 영사가 모든 외국인들을 자신의 보호 아래 넘기지 않으면 도시를 포격하겠다고 위협한 덕택에 그녀를 비롯한 백여 명의 백인들이 안전하게 난징에서 빠져나올 수 있었다. 미국의 구축함에 실려 상하이로 가는 악몽 같은 피난길에서 펄은 팔을 걷어붙이고 병자들을 간호했다. 놀라운 사실은 그런 사건을 겪고 몇 달 지나지 않아 다시 난징으로 돌아갔다는 것이다. 난징의 집에 있던 가산과 원고들이 모두 사라져버렸는데도 그녀는 중국인의 편에서 그들을 옹호했다. 자신의 집을 파괴하고 친구를 죽인 자들의 곁에 섰던 것이다. 그녀는 대다수 중국인들이 인간적이며 외국의 착취에 분노하는 중국인들에게 공감한다고 했다. 오히려 자신을 구해준 서양 함선들에 정당하지 못한 점들을 지적했다. 중국 수역에 포함을 배치한 것은 제국주의적 행동이라며 비난도 했다. 물론 목숨을 구한 것은 기쁘지만 잘못이라고 생각하는 것을 정당화하고 싶지는 않다고 했다. 자신이 그 현장에 있었고, 약탈과 학살의 대상이었으면서도 어떻게 이토록 냉철하고 객관적인 사고를 유지할 수 있는가에 대해 혀를 내두르지 않을 수 없다. 나라면 넌더리를 내고 치를 떨면서 다시는 돌아가지 않았을 것이다. 그녀에게는 힘센 조국이 있지 않았던가.

균열된 영혼을 치유한 책

입은 옷 외에는 아무것도 가져오지 못했던, 죽음의 공포에 떨었고 모든 것을 잃었던 난징사건. 그럼에도 불구하고 그녀는 중국과 중국인을 비난도 원망도 하지 않았다. 이유는 '그들이 억압받았기 때문'이라고 했다. 이 사건의 피해자는 중국인들이라고 했다. 자신들의 지도자와 외세의 간섭에 이중으로 억압을 받는 중국인들이 그 아비규환의 주된 희생자라는 것이다. 그녀는 억압받는 자의 심정을 잘 알고 있다. 그녀 역시 억압받았기 때문이다. 여성이라는 이유로 말이다. 그녀는 난징사건과 이후의 중국에 대한 자신의 생각을 미국의 친구들에게 전하며 이렇게 말하곤 했다. "내가 얘기해봤자 미국에서는 단 한 줄도 인용되지 않겠지. 나는 여자니까."

어쨌거나 직접 체험, 그것도 전쟁과 죽음을 눈앞에서 경험한 고통의 아우라에서 그토록 빠르게 회복되었다는 것은 무척 경이로운 일

MOBY-DICK;

OR,

THE WHALE.

BY

HERMAN MELVILLE,

AUTHOR OF

"TYPEE," "OMOO," "REDBURN," "MARDI," "WHITE-JACKET."

NEW YORK:
HARPER & BROTHERS, PUBLISHERS.
LONDON: RICHARD BENTLEY.
1851.

허먼 멜빌의《모비 딕》초판본 속표지(1851년)

이다. 훗날 그녀는 난징사건을 회고하면서 한 권의 책에 대해 말했다. 난징에서 상하이로 가는 함선 안에서 병자를 간호하다 지친 몸을 누인 자리에 마침《모비 딕》이라는 책이 놓여 있었다는 것이다. 그녀는 "《모비 딕》 위에 쪼그리고 앉았다"고 표현했다. 이 책을 읽어 내려가는 동안 균열된 영혼이 회복되었다면서.

모비 딕을 잡아라

나는 그녀를 따라 쪼그리고 앉아 허먼 멜빌(Herman Melville, 1819~1891)의 《모비 딕Moby Dick》을 읽었다. 작가의 정신 상태가 의심됐다. 온갖 문헌들에서 수집한 고래에 대한 문구를 쏟아놓으며 시작한 책은 시점도 왔다 갔다, 이야기는 우왕좌왕, 인물들도 뚜렷한 개연성이 별로 없고 특징이 겹치거나 이름도 헛갈리게 붙여져 있다. 고래에 미친 정신분열증 환자가 썼음이 틀림없어 보이는 책이었다. 이런저런 사족을 다 빼고 나면 하얀 고래에게 한쪽 다리를 잃고 고래의 뼈로 의족을 하고 있는 선장 에이허브가 그 고래에게 복수를 하러 간다는 얘기다. 그의 강인한 의지에 선원들도 도취된다. 이들은 폭풍을 견디고 얼음을 깨면서 남극까지 간다. 많은 희생이 있었고, 동요가 있었다. 때로는 인간적인 의리를 저버리기도 했다. 오직 모비 딕을 죽이는 것에만 매달린 선장 에이허브는 마침내 모비 딕과 정면승부를 하게 되지만 결국 자신의 밧줄에 목이 졸려 바다에 잠기고 만다.

거대한 고래에게 다리를 잃어보지 않은 자는 에이허브의 심정을 알지 못할 것이다. 고래를 죽이는 일을 화려한 언술로 끝없이 정당화하고 그 일에 다른 사람들을 끌어들이며 충성과 복종을 요구하는 에이허브. 그는 어디에서나 흔히 볼 수 있는 인간 유형이다. 사람들이 지도자라고 생각하는 어떤 인물도 알고 보면 모비 딕을 좇는 정신분열증 환자인 경우가 많다.

펄 벅은《모비 딕》을 통해 균열된 영혼을 치유받았다고 했다. 어쩌면 그녀는 난징사건에 관련된 모두를 '모비 딕'을 좇는 에이허브로 보고 불쌍히 바라보게 된 것은 아니었을까. 그의 다리를 물어뜯은 것은 모비 딕이 아니라 자신의 탐욕이었음을 깨닫지 못한 자의 무모한 복수심. 자신을 파멸시킬 때까지 결코 멈추지 않는 집요한 욕망. 그것을 잠재우기 위해서 그 욕망의 정체를 알려주기 위해서 펄 벅의 붓이 그토록 쉴 새 없이 달렸던 것은 아니었을까.

입 언저리가 일그러질 때, 이슬비 내리는 11월처럼 내 영혼이 을씨년스러워질 때, 관을 파는 가게 앞에서 나도 모르게 걸음이 멈추거나 장례 행렬을 만나 그 행렬 끝에 붙어서 따라갈 때, 특히 심기증에 짓눌린 나머지 거리로 뛰쳐나가 사람들의 모자를 보는 족족 후려쳐 날려 보내지 않으려면 대단한 자제심이 필요할 때, 그럴 때면 나는 되도록 바다로 나가야 할 때가 되었구나 하고 생각한다. 이것이 나에게는 권총과 총알 대신이다.

– 허먼 멜빌《모비 딕》중에서

Francois Roland Truffaut

& Charles Dickens

21

환영받지 못한 존재의 존재 방식

프랑수아 트뤼포,
찰스 디킨스의 《데이비드 코퍼필드》를 읽다

그리 길지 않은 생을 살았지만 그래도 돌아보면 절대로 잊히지 않는 명장면들이 있다. 아름다운 장면도 있지만 영혼 깊이 상처를 남겨 절대 잊히지 않는 장면들. 언젠가 내가 영화를 만든다면 그 장면을 꼭 연출해 넣고 싶은 그런 순간. 때로 영화를 보다가 어떤 장면에서 저건 연출자의 체험이라는 느낌을 받을 때가 있다. 작가가 구성한 시나리오도, 배우의 애드리브도 아닌, 연출자가 그것을 자기 영화 안에 집어넣지 않고는 배길 수 없었던 자기 인생의 결정적 장면 말이다.

생각해보면 사람의 일생은 단순하기 그지없는 것이어서 순백처럼 깨끗했던 영혼에 처음 새겨진 무늬-그것이 상처이거나 자부심이거나 관계없이-를 더 크게 드러내거나 또는 더 깊이 은폐하거나 그러면서 살아간다. 그 과정에서 수많은 왜곡이 일어난다. 어떤 이는 자기 자신의 진실에 정면으로 다가가는 용기를 보이지만, 어떤 이는 거듭 비겁하다. 어떤 이의 용기는 주변 사람들을 불편하게 만들기도 한다. 대부분은 타인이 자신으로 인해 불편해지는 것을 견딜 수 없어 자기의 진실에 침묵한다. 어쩌면 그건 사려 깊음이 아니라 그냥 게으름일 뿐인지도 모른다. 나 역시 지나온 삶 동안 게으르게 살아왔다. 그러다가 어느 날, 나는 자기 인생의 결정적 장면과 태초의 상처를 드러내는 데 매우 탁월하고 창의적인 능력을 지닌 사람을 알게 됐다. 프랑수아 트뤼포(Francois Roland Truffaut, 1932~1984).

이 아이는 어떻게 하지?

1934년에 태어나야 하는 아기가 1933년에 태어났다. 부모는 아기에게 냉담했다. 아이는 주로 외할머니 손에 자랐는데 외할아버지가 손자를 무척 못마땅하게 여겼다. 어느 정도 자라서는 부모와 한집에 살게 되었지만 자기만의 방이 없었다. 아, 자기만의 방이 없다, 이 대목에서 목이 멘다. 어린 날에는 어른들의 시선으로부터 자기를 감추고, 세상으로부터 숨고, 소중한 친구를 초대할 자기만의 방이 필요하다. 아이들 세계에는 '건달꾼'이라는 존재가 있다. 놀이를 할 때 짝이 맞지 않으면 한 사람은 '건달꾼'이 된다. 놀이에서 제외할 수는 없는데 이편에서도 저편에서도 원하지 않는 아이에게 주어지는 나머지 역할이다. 있으나 마나 한 존재이기에 어느 쪽에 붙어도 상관이 없다. 프랑수아 트뤼포가 꼭 그랬다. 어른들은 자기들만의 즐거운 계획을 세우다가 갑자기 표정을 바꾸고 이렇게 얘기했다. "이 아이는 어떻게 하지?"

아, 나는 여기서 또 눈시울이 뜨거워진다. 또래보다 한 살 어렸던 나는 제대로 할 줄 아는 것이 별로 없어 어린 시절 늘 건달꾼이었다. 나 역시 기억에 없는 시절의 이야기를 어렴풋이는 알고 있다. 그 어렴풋한 이야기를 바탕으로 머릿속에서 나의 탄생과 성장에 관한 소설을 쓴 것도 여러 번이다. 나의 부모들도 나를 놓고 그런 이야기를 했으리라는 것을 알고 있다. "이 아이는 어떻게 하지?"

다 자라서 어른이 된 지금도 가끔은 내가 아직도 그런 처지를 벗어나지 못하고 있다는 걸 눈치채곤 한다. "이 (눈치 없는) 여자는 어떻게 하지?" "저 (능력 없는) 사람은 어떻게 하지?" "저 (쓸모없는) 인간은 어떻게 하지?"

아, 나는 나를 어떻게 해야 하는가.

운명의 문장

어린 프랑수아는 자신이 주변의 어른들에게 항상 곤란한 존재라는 걸 알았다. 그런데 그 이유가 무엇인지 알지 못했다. 그러다 책을 읽으면서 자신을 둘러싼 문제의 윤곽을 서서히 파악하기 시작한다. 자신에게 무언가 잘못된 것이 있다고 느끼던 소년은 소설책에 등장하는 불우한 주인공의 이야기를 통해 자기 문제를 스스로 꾸며내기 시작한 것이다. 그렇게 꾸며낸 이야기가 대부분 사실이었다는 게 더 큰 불행이긴 했지만.

"내가 태어났을 때 나의 아버지는 이미 6개월 전에 돌아가셨다."

이 문장이 찰스 디킨스의 소설《데이비드 코퍼필드》의 앞부분에 나온다. 프랑수아 트뤼포는 이 문장에 벼락을 맞은 듯 충격에 휩싸였다고 한다. 그게 자신의 이야기라는 걸 깨달은 것이다. 프랑수아 트뤼포는 그렇게 해서 자신이 '트뤼포'가 아니라는 걸 알게 되었다.《데이비드 코퍼필드》의 비밀스런 문장을 가지고 자신의 탄생에 얽힌 비밀을 풀어가던 소년은 부모의 벽장 속에서 결정적인 단서를 발견했다.

어디에서건 환영받지 못하는, 가족들 사이를 겉도는 잉여 인간. 그런 소년에게 가장 좋은 도피처는 역시 책이었다. 책 속으로 빠져들면서 프랑수아는 거짓말과 무단결석을 일삼기 시작했다. 도서관에서 알렉상드르 뒤마(Alexandre Dumas, 1802~1870)의《삼총사》를 대출한 그는 그것을 읽기 위해 수업을 빠지고 몽마르트르 언덕의 공원으로 갔다. 마침 대성당에 폭격이 있었고 시내는 온통 혼란에 빠졌다. 프랑수아는 그날 밤 집으로 돌아가지 못하고 뒤마의 책을 베개 삼아 역에서 잠이 들었다. 다음 날 어머니가 학교에 찾아오고, 그 뒤 어떤 난리가 있어났을지는 충분히 상상할 수 있을 것이다. 혼자서 책을 읽을 시간을 갖기 위해 또다시 거짓말을 해야 했던 프랑수아. 그는 선생님에게 이렇게 말했다. "선생님, 어머니가 돌아가셨어요." 그의 영화 〈400번의 구타〉에 이 유명한 장면이 나온다. 그는 이 거짓말로 아버지로부터 뺨을 맞

찰스 디킨스의 《데이비드 코퍼필드》 표지(1849년)

찰스 디킨스

는다. 곧 들통이 나고 말 바보 같은 거짓말 때문에 소년은 평생 못 잊을 구타를 당한다. 400번 빰을 맞는 것만큼이나 견디기 힘든 시간이 그의 유년 시절이었다는 얘기다. 그 괴로웠던 시간들을 프랑수아처럼 자기 영화에 혹은 소설에 넣어 드러냄으로써 마음껏 표현하고 해소할 수 있다면 차라리 축복인지도 모르겠다. 그것이 예술적인 구원인지도.

“내가 태어났을 때 나의 아버지는 이미 6개월 전에 돌아가셨다”고 적힌 소설의 첫 문장에 충격을 받은 프랑수아 트뤼포처럼 누구나 그에게만 충격적으로 다가오는 문장, 혹은 영화의 장면이 있다. 나는 그런 것을 볼 때마다 짐짓 모른 척하려 애쓰곤 했는데, 내게는 그런 충격을 감정적으로 잘 소화할 수 있을 정도의 에너지가 없기 때문이다. 어쩌면 한순간에 재가 되어버릴 것만 같은 두려움 때문이랄까. 그래서인지도 모르겠다. 자기 영혼을 거침없이 불사르는 예술가들을 보면 본능적으로 이끌리게 되는 것은. 대리만족이라는 값싼 해결책에 영혼을 맡기는 것으로 위무하는 것이다.

책과 영화라는 거울

육체적인 고통이 정신에까지 깊은 상처를 남기는 것이 유년 시절의 특징이다. 그 시절의 고생은 자신의 의지와는 관계없이 폭력적으로 주어지는 것이기에 더욱 그렇다. 그래서 찰스 디킨스의 소설에 유난하게 반응하는 사람들이 따로 있다. 찰스 디킨스는 열두 살 때부터 공장에서 일해야 했다. 가난 때문에 사랑도 이루지 못했다. 그 경험과 상처는 그의 소설 속에서 끊임없이 재생되고 확장된다. 《올리버 트위스트》, 《어려운 시절》, 《데이비드 코퍼필드》 등의 소설에서 그는 어린아이의 피를 빠는 고약한 어른들과 냉혹한 세상 인심으로 아이의 영혼이 어떻게 상처받는지를 생생하게 묘사했다. 그의 소설이 아니었다면 아동의 복지 권리가 오늘날만큼 보장되기 어려웠을지도 모른다.

책 속에는 직접 체험으로 아는 것보다 훨씬 생생한 현실의 진실이 들어 있다. 이 세상엔 살아 있는 사람의 수보다 죽은 사람의 수가 훨씬 많고, 그들의 경험과 지혜를 구할 수 있는 건 역시 책이다. 내가 경험할 수 있는 현실에는 한계가 있지만 영화 속의 세계는 세상을 보다 객관적으로 보게 해주고 더 폭넓은 경험의 확장을 가져다준다. 프랑수아 트뤼포는 철이 들면서부터 늘 책과 영화와 함께했다. 그의 사적인 도서관과 그가 대여한 필름의 목록은 그의 영혼 자체다. 트뤼포의 인생은 자신이 트뤼포가 아니라는 걸 알게 되면서부터, 아니 의심하면서부터 시작됐다. 프랑수아 트뤼포는 트뤼포가 아니다. 그는 누구인가. 그가 읽은 책과 그가 본 영화가 바로 그다. 그리고 그가 만든 영화와 그가 쓴 책이 그를 설명해준다. 나는 누구인가. 아직 모르겠다. 다만 내가 읽은 책과 내가 본 영화 속에 내가 있다는 건 알 것 같다. 내 인생의 결정적 장면들이 거울처럼 들어 있는.

나는 유복자였다. 아버지는 내가 태어나기 여섯 달 전에 세상을 떠나셨다. 아버지가 나를 보시지 못하고 세상을 떠났다고 생각하면, 지금도 묘한 생각이 든다. 묘지에 세워진 흰 비석을 보고 처음으로 나는 철없는 생각을 했다. 즉, 조그마한 우리 집 거실에는 난롯불이 피워져 있고 촛불도 켜놓아서 우리들은 따뜻하고 밝은 곳에서 지내는데, 아버지는 어두운 밤에 혼자 묘지에 누워 계신다. 더구나 식구들이 문을 굳게 잠그고 빗장까지 지르는 것은 때로 너무 지나치다고 생각되었다.

– 찰스 디킨스 《데이비드 코퍼필드》 중에서

Ernest Hemingway

& Mark Twain

22

많이 가졌으나 아무것도 없는

헤밍웨이,
마크 트웨인의 《허클베리 핀의 모험》을 읽다

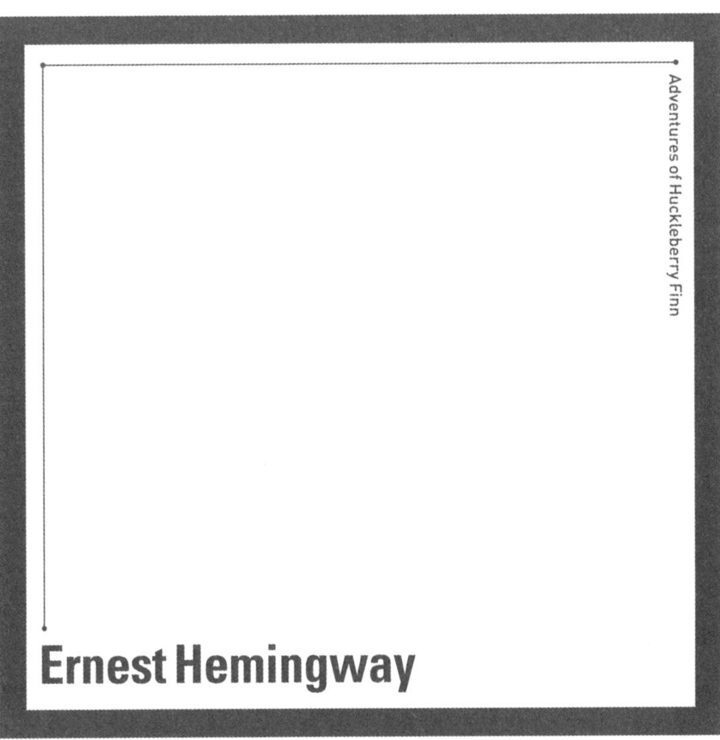

헤밍웨이(Ernest Hemingway, 1899~1961)는 그다지 흥미로운 작가는 아니다. 사냥, 낚시, 술, 권투, 투우, 사파리, 여자로 대변되는 그의 취향은 내 관심사와도 멀고, 일단 너무 마초 냄새가 나지 않는가. 20대에 명성을 떨치고, 30~40대의 작품들은 그 명성을 방어했으며, 50대 이후에는 주변의 예상을 뒤엎고 명실상부 세계 최고의 작가가 되었던 이력으로 보아도 그는 늘 자신만만하고 확신에 찬 사내였음이 틀림없다. 대학을 다니지 않고 곧장 2차 대전의 전선으로 달려간 일이나 말이 통하지 않는 파리, 내전이 한창인 스페인, 두 번이나 비행기 사고를 겪은 아프리카 등 늘 새로운 위험 속에 자신을 내던지는 그의 행보는 마치 모험에 굶주린 소년 같다. 그래서 고개를 절레절레 저으면서도 나는 무엇이 그를 이토록 모험에 굶주리게 만들었을까를 궁금해한다. 어린 시절에 톰 소여나 허클베리 핀의 이야기를 읽고 매료되기라도 했던가, 하던 차에 그의 유명한 어록을 만나게 됐다. "미국 문학은 마크 트웨인의 《허클베리 핀의 모험》에서 비롯됐다."

허클베리 핀 따라잡기

뗏목을 타고 도망친 소년 헉과 흑인 노예 짐의 모험은 황당무계하기 그지없다. 마크 트웨인의 《톰 소여의 모험》에서 헉은 우연한 기회에 큰돈을 벌어 부자가 됐다. 하지만 돈 따위에는 관심도 없고, 오직 진정한 영웅이 되는 것에만 관심이 있다. 소년이 생각하는 영웅이란 살인, 강도, 투옥 그리고 탈출로 이어지는 모험이었던 것 같다. 헉은 흑인 노예 짐을 탈출시키기 위해 뗏목을 타고 미시시피강을 거슬러 올라간다. 굳이 나서지 않아도 짐은 자유의 몸이 될 터였는데 그는 하지 않아도 될 탈출을 하고, 필요 없는 거짓말을 하며, 괜스레 어른들을 혼란에 빠트리고 일부러 상황을 조작하여 짐의 구출 작전을 편다.

참 우스꽝스럽고 어이없는 장면이어서 웃음이 나오다가도, 그렇게라도 모험을 하고 경력을 쌓아가고 싶었던 어린 마음이 만져지는 것 같아 가슴이 찡해진다. 광활한 아메리카 대륙의 거대한 강가에서 낚시를 하며 자라난 소년들에게는 모험이 필요했을 것이다. 세상이 그

마크 트웨인의 《허클베리 핀의 모험》 표지(1884년)

들에게 가르쳐주는 것이 별로 없었기에 스스로 찾아나서야 했을 것이다. 책에서 본 기사들의 모험담에 비하면 그들이 살고 있는 세상은 지나치게 평온하고 무료한 것이었을 터다. 당시 미국 남서부는 광활한 땅과 노예들로 풍요로웠고, 영웅적인 그 무엇은 필요하지 않았다. 그래서 전쟁에서의 수훈에, 모험에서의 갖가지 기이한 체험에 그토록 목말라했던 것이다.

헤밍웨이는 의사인 아버지와 음악가인 어머니 사이에서 태어나 부족할 것 없는 어린 시절을 보냈다. 아버지와 낚시를 즐겼고, 어머니에게 잘 보이려고 첼로를 연주했다. 권위 없는 아버지에 대한 연민과 불만, 뭐든 자기 마음대로 하는 어머니에 대한 거부감으로 마음속에 그늘을 쌓아가던 그는 대학 진학을 팽개치고 전쟁이 일어난 유럽으로 날아가 종군기자로 활동한다.

사실 그는 부대를 이끄는 지휘관이 되고 싶었으나 어릴 때 한쪽 눈을 실명하다시피 하여 입대를 거부당했다. 그래서 하는 수 없이 종군기자로 참전한다. 지프를 타고 돌아다니다가 별 볼 일 없는 부대의 소대장이 되기도 하고 운전병으로 일하기도 하지만, 최전선으로 가서 전투다운 전투를 해볼 기회는 영영 얻지 못했다. 헤밍웨이를 자괴감에 빠지게 했던 건 바로 그런 거였다. 한 번도 진짜 전투를 해보지 못했다는 것, 진짜 지휘관이 되지 못했다는 것 말이다. 육체와 정신을 극한으로 몰아넣고, 인간의 한계를 시험해보고 싶은 것은 헤밍웨이가 일생토록 추구한 득도의 경지였는지도 모른다.

많이 가졌으나 아무것도 없는

세상은 그에게 원하는 것보다 더 많은 명성을 주고 여인들은 그가 감당할 수 있는 것보다 더 많은 사랑을 주었다. 그러니 그토록 애타게 모험의 세계를 찾아나선 그의 심정을 이해할 수 있을 듯도 하다. 이는 아마도 그 시대 미국인의 초상 가운데 하나일 것이다. 아무리 드넓은 땅과 수많은 노예를 가졌어도, 아무리 높은 빌딩을 줄지어 지어대도 늘 허기진 아메리카인들. 그들은 유구한 역사와 문명의 축적이 체계적으로 이뤄져 있는, 그 과정에서 수많은 영웅과 그들의 이야기를 간직한 유럽 앞에서 늘 주눅이 들었다.

영혼의 허기는 마초를 낳는다고 나는 믿고 있다. 헤밍웨이는 식물로 치면 뿌리가 너무 빈약했다. 그래서 마크 트웨인을 단단히 붙잡았다. 마크 트웨인이라는 뿌리를 움켜쥐고 맹렬히 뻗어나갔다. 허클베리 핀이 작은 뗏목을 타고 거대한 미시시피강을 거슬러 오르듯 그는 마크 트웨인이라는 난간을 짚고 세계를 조망한 것이다. 백인이며, 남자이고, 재능을 가진 그는 알고 있었다. 세상을 깊이 보려면 상처가 필요하다는 것을. 아내의 그늘에서 자신을 찾지 못한 아버지를 보면서 정신적인 상처는 어느 정도 갖춰졌다. 그러나 다른 것은 끊임없이 찾아 헤매야 했다. 전쟁터에서 부상을 당한다거나, 포로가 된다거나, 실연을 한다거나, 굶주림을 겪어본다거나 하는 것들 말이다. 그의 작품에 등장하는 주인공들은 죄다 몸과 마음에 상처를 입은 자들이었고, 그는 실제로도 그런 사람만 좋아했다. 물론 상처 하나 없이 잘 사는 사람도 있었고, 그들과 친구가 될 수도 있었지만, 인간의 진수는 상처 입은 사람들에게서만 나오는 거라고 생각했다.

고생은 사서 한다는 말을 헤밍웨이만큼 실천한 사람도 드물 것이다. 부족함이 없었기에 가진 것도 없었던 미국인의 황량함을 헤밍웨이에게서 본다. 그래서 그토록 개척 정신에 불타고 모험이라면 사족을 못 쓰는 것이다. 그 거대한 공허를 헤밍웨이는 최선을 다해 메웠던 것이다.

문학이란 그런 것

드라마 〈선덕 여왕〉에서 미실이 남긴 대사 중 내가 꼽는 백미는 이런 것이다. "사랑이란 아낌없이 빼앗는 것이다." 상대의 능력을 최대치로 만들고 그것을 눈부시게 발휘할 기회를 만들어주는 것, 물론 그 실력 발휘는 나를 위한 것이어야 한다. 그것이 미실이 말한 사랑의 의미일 거라고 나는 생각했다. 문학이란 무엇이냐는 질문에 헤밍웨이도 멋진 대답을 남겼다. "중요한 것은 살아가는 것이며 자신의 일을 하는 것이며 보고 듣고 배우고 이해하는 것이다. 그리고 무언가를 알게 되는 그 순간에 쓰는 것이다. 앞서도 안 되고 너무 지나서도 안 된다."

중요한 것은 살아가는 것이다. 문학이 아니라 자신의 일을 하는 것이며, 보고 듣고 이해하는 것이다. 그리고 무언가를 알게 된다면 그 순간을 지나치지 않고 쓰는 것이다. 이것이 문학이다. 쓰는 법에 대해서도 그는 10대 시절에 이미 원칙을 정해놓고 있었다. "문장을 짧게. 첫 번째 문단을 짧게. 힘 있는 단어로. 부정적이지 않고 긍적적으로.”

위대한 사기꾼들

마을과 마을, 이웃과 친척들 그리고 강과 길. 허클베리 핀의 모험의 배경은 이런 것이다. 아무렇지도 않고 특별할 것도 없는 일상적 배경에서 기막힌 모험이 펼쳐지는 마크 트웨인의 소설을 헤밍웨이는 경이에 찬 눈으로 바라봤다. 그는 허클베리 핀이 마을에서 마을로 옮겨 다니듯 만년설로 뒤덮인 킬리만자로, 희망이 없던 스페인, 전쟁이 벌어진 중국과 2차 대전의 유럽을 옮겨 다녔다. 그러다가도 여름이면 돈 많은 아내가 마련한 근사한 별장에서 더워지기 전인 아침과 새벽을 이용해 글을 썼다. 여러 명의 아내를 거치는 동안 대저택에 살면서 화려한 일상을 이어 나갔지만, 그가 지닌 것은 몇 권의 책과 작은 책상 하나가 전부였다. 사물이나 배경을 묘사할 때는 앉아서 쓰고, 대화를 쓸 때는 서서 타이핑했다고 한다.

사람들의 대화란 기계적인 것이므로. 헤밍웨이와 나는 통하는 점이 거의 없다고 했지만, 간혹 통한다. 부족함이 없어서 부족한 것들을 알고 있다는 점이다. 굶주림의 경험이 없는 것, 생사의 갈림길에 놓여보지 않은 것, 늘 순정한 사랑을 꿈꾸지만 실은 해본 적이 없다는 것, 그런 것. 더 갖기 위해서 우리는 더 많이 잃어야만 한다. 빈털터리가 될 때까지. 그는 아내들과 헤어질 때면 이렇게 말하곤 했다. “돈은 당신이 다 가져도 좋아.” 그 뒤에 생략된 말은 “대신 나에게 자유를 줘”일 것이

《허클베리 핀의 모험》 삽화

다. 어처구니가 없긴 하다. 자유는 어차피 그의 것이고, 돈은 처음부터 그녀들의 것이었으니까.

마을과 마을 사이, 강물이 흐르고 있다는 것 외엔 별 다른 것도 없는 곳에서 기막힌 모험 소설을 써낸 마크 트웨인. 또 그를 본받아 자신에게는 있지도 않은 순정한 사랑 이야기와 믿지도 않는 삶의 숭고함을 설파하는 글을 맹렬히 써댔던 헤밍웨이. 그들은 위대한 사기꾼들이다. 그런데 그 위대함이 부럽다, 미치도록.

뗏목이 거기서부터 2마일 하류로 떠내려와 미시시피강 한가운데로 나온 후에야 비로소 한시름 놓을 수 있었어. 우린 신호등을 켜고 다시 한 번 자유롭고 안전한 몸이 되었다고 느꼈던 거야. 난 어제부터 아무것도 먹질 못했지. 그래서 짐은 나한테 옥수수빵, 탈지유, 돼지고기랑 양배추, 그리고 푸성귀들을 꺼내주었어. 세상에서 이처럼 맛있는 건 없었을 거야. 요리치고는 제격이었지. 나는 저녁을 먹으면서 짐과 얘길 나누며 즐거운 시간을 보냈어. 난 그 원한 맺힌 싸움터에서 빠져나온 게, 짐은 늪지에서 빠져나온 게 엄청 기뻤지. 우린 결국 이 뗏목만한 집은 이 세상 어디에도 없을 거라고 말했어. 다른 곳이라면 정말 갑갑해서 숨 막힐 것 같지만, 뗏목은 그렇지 않거든. 뗏목을 타고 있으면 엄청 자유롭고 느긋하며 편안하게 마련이지.

– 마크 트웨인 《허클베리 핀의 모험》 중에서

Frida Kahlo

& Oscar Wilde

23

인생은 짧아야만 하고 예술은 영원해야만 한다

프리다 칼로,
오스카 와일드의 《도리언 그레이의 초상》을 읽다

한 여자의, 한 인간의 삶이 예정대로 흘러가는 경우는 거의 없다. 누구나 예기치 않은 사건을 겪으며 상상하지 못했던 길로 흘러들고 전혀 준비되지 않은 방식의 삶을 요구받기도 한다. 그 계기라는 것, 예기치 않은 사건이라는 것은 자신이 의식하지 못하고 있었을 뿐, 오래전부터 예비돼 있던 것이었음을 아주 오랜 시간이 지난 후에 깨닫게 되는 경우가 있다. 혹은 본인은 전혀 깨닫지 못하다가 훗날의 사람들에 의해 밝혀지곤 하는 경우도 있다. 멕시코의 화가 프리다 칼로(Frida Kahlo, 1907~1954)의 경우도 그랬던 듯하다.

아버지의 서재로부터

장차 의사가 될 계획이었던 열여덟 살의 프리다. 귀갓길에 탔던 버스가 열차와 충돌하던 그 끔찍했던 사고만 아니었다면 그녀의 삶은 예비된 길을 순탄히 걸어갈 수 있었을까. 많은 사람들이 이렇게 말해왔다. 그녀의 삶은 그 사고로 인해 뒤바뀌었다고…. 그러나 그녀의 삶을 기록한 전기의 앞부분만 읽어봐도 그녀의 고통스런 삶과 그것을 극복하고자 한 예술이 꼭 그 사고 때문만은 아니었다는 것을 알 수 있다. 프리다가 그림을 그리게 된 직접적인 계기는 그 사고였을지 몰라도, 그 사고가 아니었다고 해도 그녀는 분명 예술가가 되었을 것이다. 예술적인 감성과 넘치는 지성으로 들끓었던 열여덟 살 프리다의 영혼의 발 아래 예술의 융단을 깔아준 것은 아버지의 작은 서재였다. 아버지의 작은 서재로 초대된 순간, 예술가 프리다는 이미 탄생해 있었다.

국립예비학교의 수업이 지루했던 독서광

헤이든 헤레라가 쓴 책《프리다 칼로》(김정아 옮김, 민음사, 2003)에 따르면 사진사였던 칼로의 스튜디오는 조그만 서재와 암실로 이루어져 있었다고 한다. 동양식 융단 위에 프랑스제 의자가 놓여 있고, 그 뒤로 아름다운 풍경이 그려진 배경막이 드리워져 있었다. 커다란 독일제 카메라 렌즈와 유리 감광판이 칼로의 재산 목록 1호였지만 그의 수집품인 모형 기차도 한쪽에 소중하게 놓여 있었다. 아버지의 각별한 사랑을 받았던 프리다는 이 스튜디오에서 첫 붓놀림을 배웠다. 사진이라는 작은 화폭 위에 사진 수정을 위한 섬세한 붓놀림이 그것이다. 그녀의 초상화 속 인물들이 마치 카메라를 향해 포즈를 잡는 듯한 자세를 취하고 있는 것도 아버지의 작업을 도왔던 소녀 시절의 흔적이다.

스튜디오 안의 서재는 독일 철학의 아우라로 어린 프리다의 감성을 감쌌다. 아버지의 작은 서재에는 카메라 기술에 관한 책뿐만 아니라 실러와 괴테의 문학 작품과 각종 철학책들이 즐비했다. 그는 늘 딸들에게 "철학은 인간을 사려 깊게 하고 책임감을 갖게 한다"고 가르쳤다고 한다. 그런 프리다에게 국립예비학교의 철학 수업이 따분한 것은 당연한 일이었다. 그래서 프리다는 '카추차스'라는 동아리의 회원들과 함께 도서관을 아지트 삼아 방대한 독서 이력을 쌓아갔다. 프랑스 문학부터 에스파냐 문학, 러시아 문학, 멕시코 현대소설까지 카추차스의 독서 목록은 언어의 장벽을 넘어 매우 광범위했다고 한다.

이 무렵 프리다는 알레한드로라는 지적이고 매력 넘치는 청년과 연애를 했는데, 알레한드로가 프리다의 편지들을 간직해준 덕분으로 우리는 십대 시절 프리다의 뜨거운 열정을 생생하게 엿볼 수 있다. 매일 만나는 사이면서도 잠깐 헤어져 있는 시간을 못 견뎌 하며 떨어져 있는 동안에 있었던 일을 세세하게 보고하고는 자세한 이야기는 만나서 해주겠다고 쓴 프리다의 편지를 읽고 있으면 절로 웃음이 난다. 예나 지금이나 소녀들에겐 일상의 매 순간 순간이 영원처럼 아득하게 깊고 중요한 의미를 지니는 법이다.

《도리언 그레이의 초상》을 빌렸어요

1923년 12월 22일, 프리다가 알레한드로에게 보낸 편지에는 혼자 파티에 다녀온 소녀의 약간 흥분된 기분이 느껴진다. 그런 기분을 남자친구에게는 들키고 싶지 않았던 듯, 별로 재미가 없었다며 제법 시치미를 떼고 있다. 중요한 대목은 "《도리언 그레이의 초상》을 빌렸어요"라고 덧붙인 추신에 있다. 편지의 이 마지막 한 문장이 그녀의 미래를 품은 운명의 복선으로 보였다면 너무 과도한 의미 부여인 걸까. 그래도 어쩔 수 없다. 나는 그 문장에 붉은 줄을 긋고 아주 오래전에 읽었던 오스카 와일드의 소설을 다시 찾아 펼친다.

초상화 속의 자기 모습에 반해버린 도리언 그레이. 그는 화가 친구가 그려준 자신의 초상화를 통해 자신의 매력에 눈뜸과 동시에 청춘의 무상함을 느낀다. 사라지고 말 것을 갖고 있는 젊음이란 얼마나 불안한가. 도리언 그레이는 깊이 탄식한다. 그림 속의 도리언 그레이가 살아 있는 자기를 대신하여 늙어갈 수 있다면 영혼이라도 팔 거라고. 그 간절하고도 위험한 소망은 현실이 된다.

프리다가 이 괴기스러운 판타지를 담고 있는 소설책을 빌린 것은 그녀의 나이 열일곱 살 때다. 그녀가 이 책을 다 읽었는지, 읽었다면 어떤 느낌을 받았는지는 알 수 없다. 하지만 이 책이 그녀의 손을 거쳐 갔다는 사실 하나만으로도 의미는 충분해 보인다. 열아홉 살에 겪은 끔찍한 교통사고 이후, 그녀는 회복을 기다리는 긴긴 날들 동안 책을 읽고, 그림을 그렸다. 수십 군데의 골절에 으깨어진 발과 부서진 척추

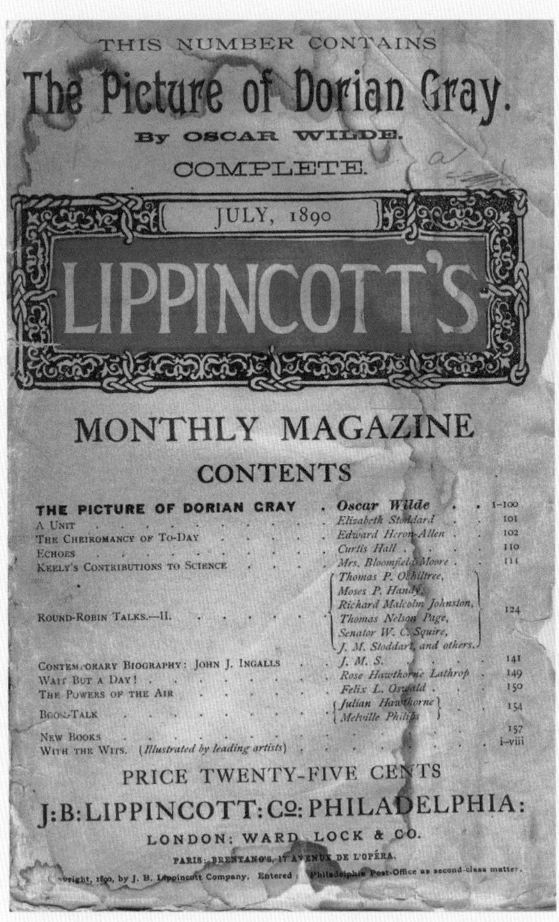

THIS NUMBER CONTAINS

The Picture of Dorian Gray.

By OSCAR WILDE.

COMPLETE.

JULY, 1890

LIPPINCOTT'S

MONTHLY MAGAZINE

CONTENTS

THE PICTURE OF DORIAN GRAY	*Oscar Wilde*	1–100
A UNIT	*Elizabeth Stoddard*	101
THE CHEIROMANCY OF TO-DAY	*Edward Heron-Allen*	102
ECHOES	*Curtis Hall*	110
KEELY'S CONTRIBUTIONS TO SCIENCE	*Mrs. Bloomfield-Moore*	111
ROUND-ROBIN TALKS.—II.	*Thomas P. Ochiltree, Moses P. Handy, Richard Malcolm Johnston, Thomas Nelson Page, Senator W. C. Squire, J. M. Stoddart, and others.*	124
CONTEMPORARY BIOGRAPHY: JOHN J. INGALLS	*J. M. S.*	141
WAIT BUT A DAY!	*Rose Hawthorne Lathrop*	149
THE POWERS OF THE AIR	*Felix L. Oswald*	150
BOOK-TALK	*Julian Hawthorne, Melville Philips*	154
NEW BOOKS		157
WITH THE WITS. (*Illustrated by leading artists*)		i–viii

PRICE TWENTY-FIVE CENTS

J: B: LIPPINCOTT: Co: PHILADELPHIA:

LONDON: WARD LOCK & CO.

PARIS: BRENTANO'S, 17 AVENUE DE L'OPÉRA.

Copyright, 1890, by J. B. Lippincott Company. Entered [illegible] Philadelphia Post-Office as second-class matter.

1890년 월간지 〈리핀코트〉 7월호 표지에 소개된 《도리언 그레이의 초상》

를 지닌 프리다가 침대 위에 누운 채로 할 수 있는 일이 그것뿐이었기 때문일까. 어쩌면 그것은 사고가 있기 일 년 반 전 접한《도리언 그레이의 초상》의 영향인 것은 아닐까. 너무 심한 비약인지는 모르지만 어쨌거나 그녀는 매우 진지하게 그림을 시작했다. 공교롭게도 처음으로 완성한 그림 역시 거울에 비친 자기 자신을 그린 초상화였다. 디에고 리베라(Diego Rivera, 1886~1957)에게 보여주어 화가로서의 자질을 인정받은 것도 바로 이 초상화를 통해서였다. 프리다에게 있어 그림을 그린다는 것은 곧 초상화를 그리는 것이었다. 그것도 주로 자화상이었다. 프리다 칼로가 그린 그림 속의 프리다 칼로는 현실의 고통과 슬픔을 처연히 드러내고 있다. 마치 고통스러운 감정을 그림에 집어넣음으로써 자신의 마음과 몸 속에 고여 있는 슬픔이 빠져나가기를 바라는 것처럼 보인다. 오스카 와일드의 소설 속 도리언 그레이가, 살아 있는 자기 대신 그림이 늙기를 원했던 것과 같이 그녀 역시 고통 받는 자신을 화폭에 그려넣음으로써 현실의 감각을 조금이나마 덜 수 있기를 꿈꾼 것은 아니었을까. 여기서 중요한 것은 프리다가《도리언 그레이의 초상》을 읽었느냐 아니냐가 아니다. 중요한 것은《도리언 그레이의 초상》이라는 책을 통해 프리다 칼로의 자화상을 읽을 수 있다는 것이다.

예술에게 나를 들키다

언제부터인가 나는 내 기억이나 판단을 신뢰하지 않게 되었다. 나를 이루고 있는 것의 대부분은 내가 기억하지 못하는 것, 인식하지 못하

벨벳 드레스를 입은 자화상 프리다 칼로 | 캔버스에 유채 | 79.7×60cm | 1926년

는 것이라는 걸 알게 되었기 때문이다. 나는 내가 태어나던 순간을 기억하지 못하며, 먼 조상으로부터 전해 내려온 어떤 유전자적 정보가 내 무의식의 기저에서 나의 영혼과 육체에 어떤 영향을 미치고 있는지 전혀 알지 못한다. 언젠가 나를 스쳐 지나갔던 영상이나 음악, 이야기들도 내가 기억하고 있는 것보다 기억하지 못하는 것이 내 안에서 더 많은 영역을 차지하고 있으리라는 것을 안다. 내가 인식하지 못하는 경험이 나를 더 많이 변화시킨다는 것도 안다.

어제의 나와 오늘의 나는 전혀 다른 존재라고 여기면서도 수백 년 전의 조상과 내가, 억겁의 시간과 공간을 초월해 우주 저편에 있는 어떤 존재와 내가, 밀접하게 연결되어 있다는 것을 믿는다. 지금 여기의 내가 고통 받으면 우주 저편에 존재하는 또 다른 나는 그만큼의 고통을 상쇄 받고 평안을 누릴 거란 상상에 빠지기도 한다. 어딘가에 또 하나의 내가 있다고 믿는 것이다. 인간이란 본디 고독한 존재이기 때문일까. 그래서 그 외로움을 견디려고 수만 가지 방식으로 또 하나의 자신을 복제해낸다. 그렇게 또 다른 자기를 만들어내는 그럴싸한 자기만의 방식을 가지고 있는 사람을 우리는 예술가라고 부른다. 또 하나의 나를 세상에 보여줄 재능이 없는 나는 스스로를 책이라 여긴다. 자기 안에 무엇이 쓰여 있는지 알지 못하는 바보책이다. 천재들이 남기고 간 음악이, 그림이, 이야기책의 주인공들이 와서 나를 읽는다. 그들은 내게 와서 각자 자신의 페이지를 들춰보면서 여기 있네, 하고 일러준다. 그러면 나는 그 말을 어렴풋이 알아듣기도 하고 대개는 못 알아듣는다.

"나는 영원히 아름다운 모든 것을 질투합니다.
당신이 나를 모델로 그린 초상화를 질투해요.
왜 이 그림은 내가 잃을 수밖에 없는 것을
간직할 수 있는 거지요?
흐르는 시간이 내게서 무엇인가를 빼앗아가고,
대신에 그 무엇을 이 그림에 줄 것입니다.
오, 그것이 반대로 될 수만 있다면!
변하는 것은 그림이고, 나는 영원히
지금의 나로 머물 수 있다면!
왜 이 그림을 그렸지요?
이 그림은 언젠가 나를 조롱할 겁니다.
나를 철저히 조롱할 거라고요!"

– 《도리언 그레이의 초상》 중에서

글쓴이가 참고한 자료들

루트비히 판 베토벤Ludwig van Beethoven

《폭풍우》 윌리엄 셰익스피어 지음, 김정환 옮김/ 아침이슬 2008
《셰익스피어 전집 7》 윌리엄 셰익스피어 지음, 최종철 옮김/ 민음사 2014
《괴테와 베토벤》 로맹 롤랑 지음, 박영구 옮김/ 웅진지식하우스 2000
🎥 〈불멸의 연인〉, 〈카핑 베토벤〉, 〈에로이카〉

레오 톨스토이Leo Tolstoy

《시민의 불복종》 헨리 데이비드 소로 지음, 강승영 옮김/ 도서출판 이레 2008
《세계를 뒤흔든 시민 불복종》 앤드류 커크 지음, 유강은 옮김/ 도서출판 그린비 2005
《국가는 폭력이다》 레프 톨스토이 지음, 조윤정 옮김/ 달팽이 2008
《톨스토이》 인디북 편집부/ 인디북 2004
🎥 〈톨스토이의 마지막 인생〉

빈센트 반 고흐Vincent van Gogh

《영혼의 순례자 반 고흐》 캐슬린 에릭슨 지음, 안진이 옮김/ 청림출판 2008
《반 고흐, 영혼의 편지》 빈센트 반 고흐 지음, 신성림 옮김/ 예담 1999
《영웅 숭배론》 토머스 칼라일 지음, 박상익 옮김/ 한길사 2003
🎥 〈위대한 유산〉, 〈반 고흐, 위대한 유산〉

폴 고갱Paul Gauguin

《야만인의 절규》 폴 고갱 지음, 강주헌 옮김/ 창해 2000
《레미제라블 1, 2, 3, 4, 5》 빅토르 위고 지음, 이형식 옮김/ 펭귄클래식코리아 2010
《고갱의 타히티 기행》 폴 고갱 지음, 남진현 옮김/ 서해문집 1999
《폴 고갱, 슬픈 열대》 폴 고갱 지음, 박찬규 옮김/ 예담 2000
《노아 노아》 열화당
🎥 〈열정의 랩소디〉

오스카 와일드Oscar Wilde

《지킬 박사와 하이드》 로버트 루이스 스티븐슨 지음, 박찬원 옮김/ 펭귄클래식코리아 2008
《오스카 와일드와 마시는 한 잔의 커피》 메를린 홀랜드 지음, 김혜은 옮김/ 라이프맵 2008
《옥중기》 오스카 와일드 지음, 배주란 옮김/ 누림 1998

찰리 채플린Charlie Chaplin

《찰리 채플린 나의 자서전》 찰리 채플린 지음, 이현 옮김/ 김영사 2007
《찰리의 철학 공장》 박승억 지음/ 프로네시스 2008
《올리버 트위스트 1, 2》 찰스 디킨스 지음, 윤혜준 옮김/ 창비 2007
🎥 〈올리버 트위스트〉, 〈라임라이트〉, 〈찰리 채플린〉

이사도라 덩컨Isadora Duncan

《my life》 이사도라 덩컨 지음, 구히서 옮김/ 경당 2003
《이사도라 덩컨의 무용 에세이》 범우사 1982
《차라투스트라는 이렇게 말했다》 프리드리히 니체 지음, 장희창 옮김/ 민음사 2005
《차라투스트라는 이렇게 말했다》 프리드리히 니체 지음, 홍성광 옮김/ 펭귄클래식코리아 2009
《짜라두짜는 이렇게 말했다》 프리드리히 니체 지음, 박성현 옮김/ 심볼리쿠스 2012
〈이사도라〉

구스타프 말러Gustav Mahler

《돈키호테》 미겔 데 세르반테스 지음, 박철 옮김/ 시공사 2006
《사랑과 죽음의 교향곡: 브루노 발터가 만난 구스타프 말러》 브루노 발터 지음, 김병화 옮김/ 마티 2005
〈베니스에서의 죽음〉

오귀스트 로댕Auguste Rodin

《황홀의 순간》 라이너 마리아 릴케 지음, 김재혁 옮김/ 생각의 나무 2002
《예술의 숲》 오귀스트 로댕 지음/ 돋을새김 2000
《신곡》 단테 알리기에리 지음, 한형곤 옮김/ 서해문집 2005
《단테 신곡 강의》 이마미치 도모노부 지음, 이영미 옮김/ 안티쿠스 2008
〈까미유 끌로델〉

에두아르 마네Édouard Manet

《참회록》 장자크 루소 지음, 홍승오 옮김/ 동서문화사 2007
《에두아르 마네》 프랑스와즈 카생 지음, 정진국, 오지현 옮김/ 열화당 1991
《말라르메를 만나다》 폴 발레리 지음, 김진하 옮김/ 문학과 지성사 2007

루이 엑토르 베를리오즈Louis Hector Berlioz

《젊은 베르테르의 슬픔》 요한 볼프강 폰 괴테 지음, 박찬기 옮김/ 민음사 2009
《젊은 베르터의 고뇌》 임홍배 옮김/ 창비 2012
《음악 여행자의 책》 베를리오즈 지음, 어운정, 홍문우 옮김/ 봄아필 2013

에드바르 뭉크Edvard Munch

《에드바르 뭉크 세기말 영혼의 초상》 수 프리도 지음, 윤세진 옮김/ 을유문화사 2008
《악령》 표도르 도스또예프스키 지음, 김연경 옮김/ 열린책들 2009
《EDVARD MUNCH》 김기태, MediaArte, 2013

라이너 마리아 릴케Rainer Maria Rilke

《젊은 시인에게 보내는 편지》 라이너 마리아 릴케 지음, 김재혁 옮김/ 고려대학교 출판부 2006
《해변의 묘지》 폴 발레리 지음, 김현 옮김/ 민음사 1973

마크 로스코Mark Rothko

《파워 오브 아트》 사이먼 샤마 지음, 김진실 옮김/ 아트북스 2008
《소송》 프란츠 카프카 지음, 홍성광 옮김/ 펭귄클래식코리아 2009
《Writing on Art》 마크 로스코 지음/ Yale Univ Pr 2006

파블로 네루다Pablo Neruda

《파블로 네루다 자서전》 파블로 네루다 지음, 박병규 옮김/ 민음사 2008
《스무 편의 사랑의 시와 한 편의 절망의 노래》 파블로 네루다 지음, 정현종 옮김/ 민음사 2007
《네루다 시선》 파블로 네루다 지음, 정현종 옮김/ 민음사 2007
《장 크리스토프 1, 2, 3, 4, 5》 로맹 롤랑 지음, 김창석 옮김/ 범우사 2002
〈일 포스티노〉

케테 콜비츠Käthe Kollwitz

《시와 진실》 요한 볼프강 폰 괴테 지음, 윤용호 옮김/ 종문화사 2006
《케테 콜비츠》 카네리네 크라머 지음, 이순례 옮김/ 실천문학사 2004
《케테 콜비츠》 케테 콜비츠 지음, 전옥례 옮김/ 운디네 2004

제임스 딘James Dean

《불멸의 자이언트》 데이비드 달튼 지음, 윤철희 옮김/ 미다스북스 2003
《반항아 제임스 딘》 도널드 스포토 지음, 정영묵 옮김/ 한길아트 1998
《햄릿》 윌리엄 셰익스피어 지음, 김재남 옮김/ 하서출판사 2009
《나의 햄릿 강의》 여석기 지음/ 생각의 나무 2008
《햄릿》 윌리엄 셰익스피어 지음, 노승희 옮김/ 펭귄클래식코리아 2010
〈에덴의 동쪽〉, 〈이유 없는 반항〉, 〈자이언트〉
〈햄릿〉 케네스 브래너 감독, 1996

스탠리 큐브릭Stanley Kubrick

《테헤란에서 롤리타를 읽다》 아자르 나피시 지음, 정정호, 이소영 옮김/ 한숲출판사 2003
《스탠리 큐브릭》 스탠리 큐브릭 지음, 윤철희 옮김/ 마음산책 2001
《롤리타》 블라디미르 나보코프 지음, 권택영 옮김/ 민음사 2008
《롤리타》 블라디미르 나보코프 지음, 김진준 옮김/ 문학동네 2013
〈롤리타〉

레니 리펜슈탈Leni Riefenstahl

《레니 리펜슈탈, 금지된 열정》 오드리 설킬드 지음, 허진 옮김/ 마티 2006
《나의 투쟁》 A.히틀러 지음, 이명성 옮김/ 홍신문화사 2006

펄 벅Pearl S. Buck

《모비 딕》 허먼 멜빌 지음, 모리스 포미에 그림, 김석희 옮김/ 작가정신 2010
《자라지 않는 아이》 펄 벅 지음, 홍한별 옮김/ 양철북 2003
《북경에서 온 편지》 펄 벅 지음, 김성렬 옮김/ 범우사 2006
《젊은 여성을 위한 인생론》 펄 벅 지음, 김진욱 옮김/ 범우사 2004

프랑수아 트뤼포Francois Roland Truffaut

《트뤼포-시네필의 영원한 초상》 앙투안 드 베크, 세르주 투비아나 지음, 한상준 옮김/ 을유문화사 2006
《데이비드 코퍼필드》 찰스 디킨스 지음, 원정치 백석영 옮김/ 동천사 2008
《프랑스와 트뤼포의 400번의 구타》 김금동 지음/ 성신여대출판부 2008
〈400번의 구타〉

어니스트 헤밍웨이Ernest Hemingway

《허클베리 핀의 모험》 마크 트웨인 지음, 김경미 옮김/ 시공주니어 2008
《톰 소여의 모험》 마크 트웨인 지음, 이화연 옮김/ 팽귄클래식코리아 2009
《마크 트웨인 자서전》 마크 트웨인 지음, 안기순 옮김/ 고즈윈 2005
《헤밍웨이 언어의 사냥꾼》 제롬 카린 지음, 김양미 옮김/ 시공사 2006
〈헤밍웨이와 겔혼〉

프리다 칼로Frida Kahlo

《프리다 칼로》 헤이든 헤레라 지음, 김정아 옮김/ 민음사 2003
《도리언 그레이의 초상》 오스카 와일드 지음, 이선주 옮김/ 황금가지 2008
〈프리다〉, 〈도리언 그레이〉

기타

《고전, 끝나지 않는 울림》 정진홍 지음/ 도서출판 강 2005
《내 젊은 날의 마에스트로 편력》 이광주 지음/ 한길사 2005
《옥스퍼드 세계영화사》 제프리 노웰-스미스 책임편집, 이순호 외 옮김/ 열린책들 2008
《역사를 이끈 위대한 지혜들》 복거일 지음/ 문학과지성사 2003
《데이빗 린치의 빨간방》 데이빗 린치 지음, 곽한주 옮김/ 그책 2009
《작가의 집》 프란체스카 프레몰리 드룰레 지음, 이세진 옮김/ 윌북 2009
《음악가와 친구들》 이덕희/ 가람기획 2002

당신의 마음이 쉬어가는 다락방
예술가의 서재

초판 1쇄 인쇄 2015년 12월 15일
초판 1쇄 발행 2015년 12월 20일

지은이 이하영 **펴낸이** 오연조
편집 조애경 **디자인** 성미화 **마케팅** 성진숙 **경영지원** 김은희

펴낸곳 페이퍼스토리 **출판등록** 2010년 11월 11일 제 2010-000161호
주소 경기도 고양시 일산동구 정발산로 43-20 센트럴프라자 7층
전화 031-900-9999 **팩스** 031-901-5122
e-mail book@sangsangschool.co.kr

ISBN 978-89-98690-08-3 03810

*페이퍼스토리는 ㈜상상스쿨의 단행본 브랜드입니다.

*이 도서의 국립중앙도서관 출판예정도서목록(CIP)은 서지정보유통지원시스템 홈페이지 (http://seoji.nl.go.kr)와 국가자료공동목록시스템(http://www.nl.go.kr/kolisnet)에서 이용하실 수 있습니다. (CIP제어번호: CIP2015030071)

*한국출판문화산업진흥원 2015년 우수출판콘텐츠 제작 지원 사업 선정작입니다.